PROFIL D'UNE ŒUVRE
Collection dirigée par Georges Décote

W0208292

Le Cid
(1637)
Pierre Corneille

Hubert Curial
Agrégé de l'Université

REPÈRES

Dans la collection « Profil », titres à consulter dans le prolongement de cette étude sur *Le Cid.*

• Sur Corneille et son œuvre

— CORNEILLE, *Cinna* (« Profil d'une œuvre », **138**).
— *Mémento de littérature française* (« Histoire littéraire », **128-129**) ; Corneille : une mémoire héroïque, p. 41-42.
— *Histoire de la littérature en France au XVIIe siècle* (« Histoire littéraire », **120**) ; Corneille, une longue carrière, p. 49-52.

• Sur le thème du héros et de l'héroïsme

— *Histoire de la littérature en France au XVIIe siècle* (« Histoire littéraire », **120**) ; l'héroïsme cornélien, p. 51.
— CORNEILLE, *Cinna* (« Profil d'une œuvre », **138**) ; qu'est-ce que l'héroïsme cornélien ? chap. 5.

• Sur la tragédie et le tragique

— *Le théâtre, les problématiques essentielles* (« Histoire littéraire », **151-152**) ; la tragédie, chap. 6.
— *Histoire de la littérature en France au XVIIe siècle* (« Histoire littéraire », **120**) ; naissance de la tragédie, p. 61-62.
— *Histoire de la littérature en France au XVIIe siècle* (« Histoire littéraire », **120**) ; Racine, une perfection tragique, p. 80-82.
— CORNEILLE, *Cinna* (« Profil d'une œuvre », **138**) ; le tragique, chap. 5.
— RACINE, *Andromaque* (« Profil d'une œuvre », **149**) ; le tragique, chap. 7 .
— RACINE, *Britannicus* (« Profil d'une œuvre », **109**) ; le tragique, chap. 7.

• Sur la tragédie politique

— RACINE, *Britannicus* (« Profil d'une œuvre », **109**) ; morale et politique, chap. 6 .
— RACINE, *Andromaque* (« Profil d'une œuvre », **149**) ; la politique dans *Andromaque,* chap. 6.
— RACINE, *Phèdre* (« Profil d'une œuvre », **39**) ; la politique dans *Phèdre,* chap. 7.

© HATIER, PARIS, 1993 ISSN 0750-2516 ISBN 2-218-**74403**-1
Toute représentation, traduction, adaptation ou reproduction, même partielle, par tous procédés, en tous pays, faite sans autorisation préalable est illicite et exposerait le contrevenant à des poursuites judiciaires. Réf. : *loi du 11 mars 1957*, alinéas 2 et 3 de l'article 41. Une représentation ou reproduction sans autorisation de l'éditeur ou du Centre français d'exploitation du droit de copie (20, rue des Grands-Augustins, 75006 Paris) constituerait une contrefaçon sanctionnée par les articles 425 et suivants du Code pénal.

SOMMAIRE

Fiche Profil

Le Cid (1637)

PIERRE CORNEILLE
(1606-1684)

THÉÂTRE XVIIe
TRAGI-COMÉDIE

RÉSUMÉ

– **Acte I :** Au XIe siècle, à Séville, capitale du royaume de Castille, Chimène et Rodrigue s'aiment. Rien ne s'oppose à leur prochain mariage, quand une grave querelle surgit entre leurs deux familles. Contre toute attente, le roi don Fernand désigne don Diègue, père de Rodrigue, comme précepteur du prince. Le comte don Gomès, père de Chimène, qui estimait que cette charge prestigieuse devait lui revenir, soufflette don Diègue. C'est le déshonneur. Trop âgé pour se venger, don Diègue demande à Rodrigue de provoquer le Comte en duel.

– **Acte II :** Malgré sa douleur, celui-ci accepte par devoir, et il tue le Comte. Chimène implore la justice du roi, à qui elle réclame la tête de Rodrigue.

– **Acte III :** Désespéré d'avoir outragé Chimène en tuant son père, Rodrigue espère mourir en allant combattre les Maures qui débarquent durant la nuit sur les côtes de Castille.

– **Acte IV :** Il revient finalement de la bataille en grand triomphateur. Chimène, constatant que le roi désormais n'écoute plus ses plaintes, promet d'épouser quiconque tuera Rodrigue en duel. Don Sanche qui aime la jeune fille se présente.

– **Acte V :** Il lui rapporte bientôt l'épée de Rodrigue. Croyant que celui-ci est mort, Chimène laisse alors éclater son amour pour Rodrigue : elle ne l'a poursuivi que par devoir, tout en continuant de l'aimer. Aussitôt après, Rodrigue réapparaît. Il n'avait fait que désarmer don Sanche, refusant de tuer le champion qui se battait pour Chimène ; et il lui avait ordonné de déposer leurs épées en hommage aux pieds de la jeune fille. Le roi accorde à Chimène un délai de décence d'un an, durant lequel Rodrigue ira de nouveau combattre les Maures. Don Fernand lui laisse espérer qu'après ce délai, il pourra épouser Chimène.

LES PERSONNAGES PRINCIPAUX

- **Les pères**

– **Don Diègue,** père de Rodrigue, vieillard au passé militaire prestigieux, intransigeant et fier.

– **Don Gomès,** père de Chimène, général en chef des armées de Castille, orgueilleux et rebelle.

- **Les enfants**

– **Chimène,** âgée de 17 ans environ, déchirée entre sa passion pour Rodrigue et son devoir de vengeance.
– **Rodrigue,** âgé de 18 ans environ, fils obéissant, amant exemplaire, prototype du héros cornélien.

- **Don Fernand**

Premier roi de Castille, souverain habile qui sait asseoir progressivement son autorité sur la haute noblesse de son royaume.

LES THÈMES

1. L'amour.
2. L'honneur.
3. La construction de l'État.
4. L'héroïsme.

QUATRE AXES DE LECTURE

1. Une pièce cruelle
Dans l'univers du *Cid*, le clan prime sur l'individu. Un seul devoir existe : l'honneur. Une seule règle régit les rapports humains : la force. C'est un monde de cruauté.

2. Une pièce de la passion tragique
Rodrigue tue paradoxalement le Comte par devoir et par amour. S'il ne se battait pas en duel, il deviendrait en effet un lâche et il ne pourrait plus en conséquence espérer d'être aimé de Chimène. La passion triomphera pourtant des obstacles les plus insurmontables.

3. Une pièce politique
Le Cid ou comment s'élaborent une justice d'État, une défense nationale et une nouvelle morale du citoyen.

4. Une pièce à scandale
Le Cid suscita dès sa création une vive « querelle ». Chimène est-elle « impudique » et une « prostituée », comme on l'en a accusée ?

1 Corneille en son temps

1606 Naissance le 6 juin de Pierre Corneille à Rouen.

1610 Assassinat le 14 mai d'Henri IV. Régence[1] de Marie de Médicis, mère du jeune Louis XIII.

1615-1622 Pierre Corneille fait ses études au collège des jésuites de Rouen.

1624 Il obtient sa licence en droit.

1628 Corneille est nommé avocat au siège des Eaux et Forêts de Normandie et à l'Amirauté de France (port de Rouen). C'est un travail administratif et modeste de juriste.

1629 Richelieu devient le principal ministre du roi Louis XIII.

1629-1630[2] Corneille fait jouer sa première pièce, *Mélite,* une comédie qui obtient un vif succès.

1630-1631 *Clitandre,* tragi-comédie[3].

1630-1635 Corneille fait successivement jouer quatre comédies : *La Veuve, La Galerie du Palais, La Suivante, La Place Royale,* et une tragédie, *Médée.*

1635-1636 *L'illusion comique* (comédie).

---

1. La Régence désigne la période durant laquelle, le roi étant trop jeune pour exercer le pouvoir, le gouvernement du royaume est confié à une autre personne, généralement choisie parmi les membres de la famille royale.
2. Quand deux années qui se suivent sont groupées, il s'agit de la saison théâtrale. Il est parfois impossible de dater plus précisément la création des pièces de Corneille.
3. Une tragi-comédie, à la différence d'une comédie, met en scène des personnages de haute naissance, comme une tragédie, mais se termine bien, comme une comédie.

1637 *Le Cid* (janvier). Durant toute l'année, « querelle du *Cid* » (voir p. 70).

1638 Naissance, le 3 septembre, du futur roi Louis XIV.

1639 Naissance de Racine.

1640 *Horace,* tragédie.

1641 Mariage de Corneille.

1642 *Cinna, Polyeucte,* tragédies. Mort, le 4 décembre, de Richelieu.

1643 Mort, le 14 mai, de Louis XIII. Régence d'Anne d'Autriche, mère du jeune Louis XIV.

1643-1644 *La mort de Pompée,* tragédie, et *Le Menteur,* comédie.

1644 1645 *La Suite du Menteur,* comédie ; *Rodogune,* tragédie.

1645-1646 *Théodore, vierge et martyre,* tragédie, qui ne remporte aucun succès.

1646-1647 *Héraclius,* tragédie.

1647 Corneille est élu à l'Académie française le 22 janvier, après deux tentatives infructueuses en 1644 et 1646.

1648 Début de la « Fronde » (à l'origine, soulèvement des Parisiens provoqué par l'impopularité du ministre Mazarin et la lourdeur des impôts).

1649-1650 *Don Sanche d'Aragon,* comédie héroïque.

1650 Corneille est nommé « procureur » (administrateur général) des États de Normandie et doit pour cela renoncer à son métier officiel d'avocat.

1651 Victime de sa fidélité à Mazarin qui a dû s'exiler, Corneille est démis de ses fonctions de « procureur ». Il vivra désormais de sa plume. *Nicomède,* tragédie.

1651-1652 *Pertharite,* tragédie. Échec complet.

1652 Après l'échec de *Pertharite,* Corneille renonce à écrire pour le théâtre. La Fronde gagne l'ensemble du pays et provoque un soulèvement général contre le pouvoir royal.

1653 Défaite militaire des « frondeurs » et fin de la Fronde. Retour en France de Mazarin qui devient le principal ministre du royaume.

1659 Après un silence de sept ans, Corneille fait jouer *Œdipe,* tragédie.

1660 *Trois discours sur le poème dramatique* (réflexions théoriques de Corneille sur la manière d'écrire une tragédie).

1661 Mort de Mazarin, le 9 mars. Arrestation du surintendant des finances Fouquet, le 5 septembre. Début du pouvoir personnel de Louis XIV.

1662 *Sertorius,* tragédie. Corneille, avec sa famille, s'installe définitivement à Paris.

1663 *Sophonisbe,* tragédie.

1664 *Othon,* tragédie. Futur grand rival de Corneille, qu'il surpassera dans la faveur du public, Racine fait jouer sa première pièce, *La Thébaïde.*

1666 Corneille connaît un nouvel échec avec sa tragédie *Agésilas.*

1666-1667 *Attila,* tragédie.

1670 *Tite et Bérénice,* tragédie.

1672 *Pulchérie,* comédie héroïque.

1673 Mort de Molière, le 17 février.

1674 *Suréna,* tragédie, dernière pièce de Corneille.

1684 Mort de Corneille, le 1er octobre.

2 Résumé

La scène se passe en Espagne vers le milieu du XIe siècle[1], à Séville, la capitale du royaume de Castille.

À cette époque, l'Espagne n'était pas un pays politiquement unifié. Elle comprenait plusieurs royaumes dont les plus importants étaient ceux de Castille, de Léon, de Navarre et d'Aragon. Depuis 711, une partie importante de l'Espagne du Sud, était en outre occupée par les Arabes (les « Maures » dans *Le Cid*) qui n'en furent complètement chassés qu'en 1492. La carte suivante de l'Espagne actuelle localise les principaux lieux mentionnés dans *Le Cid*[2].

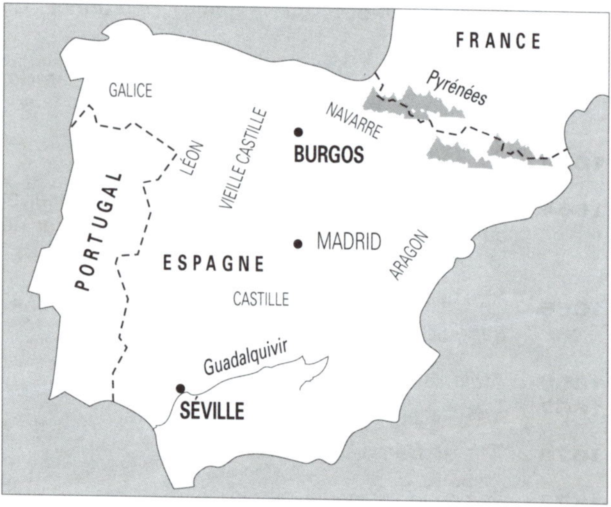

1. Sur les rapports de l'action censée se dérouler au XIe siècle et l'actualité française de 1637, voir p. 52-54.
2. Les noms de villes cités dans *Le Cid* sont encadrés et les noms des royaumes (actuelles provinces d'Espagne) sont soulignés.

ACTE I

Scène 1 : Chimène apprend de sa « gouvernante »[1] que son père, le comte don Gomès, a décidé de la marier à Rodrigue, fils de don Diègue. La nouvelle réjouit la jeune fille, car elle aime depuis longtemps Rodrigue en secret. Aussi, tout à son bonheur, Chimène presse-t-elle Elvire de lui donner de plus amples précisions. Se rendant à un conseil des ministres où il s'attend à être nommé « gouverneur » (précepteur) du prince (le fils du roi don Fernand), le Comte n'a pas toutefois eu le temps d'en dire plus à Elvire. Soudain Chimène s'inquiète : n'est-ce pas trop beau pour être vrai ?

Scène 2 : Fille du roi don Fernand, l'« Infante » confie son désespoir à Léonor, sa gouvernante. Depuis toujours, elle aime Rodrigue. Une princesse se doit cependant d'épouser un roi ou futur roi, et Rodrigue n'est ni roi ni prince. Il lui faut donc sacrifier sa passion à son devoir.

Scène 3 : Coup de théâtre : contre toute attente, le roi a désigné don Diègue comme « gouverneur » du prince. Déçu dans son ambition, don Gomès prend à partie son rival au sortir du conseil. Une querelle s'ensuit, qui s'envenime : don Gomès donne un « soufflet » (une gifle) à don Diègue. C'est un affront, déshonorant, irrémédiable, qui ne peut se laver que dans le sang. Don Diègue esquisse un geste pour se battre en duel ; mais, trop âgé, sa force l'abandonne. Don Gomès se retire plein d'arrogance et de mépris pour le vieil homme.

Scène 4 : Don Diègue se lamente sur son âge qui le réduit à une honteuse impuissance, lui qui a jadis victorieusement commandé les armées de Castille !

Scène 5 : Sans révéler l'identité de son « offenseur », don Diègue relate à son fils l'affront qu'il vient de subir. Indigné, Rodrigue s'offre aussitôt à venger l'honneur

1. À la cour et dans le monde aristocratique, une « gouvernante » est une femme d'expérience à qui on a confié la garde et l'éducation d'une jeune fille.

familial. Contre qui doit-il se battre ? Contre un guerrier redoutable : contre... le père de Chimène !

Scène 6 : Demeuré seul, Rodrigue exhale sa douleur, mais ne s'en détermine pas moins à accomplir son devoir filial.

ACTE II

Scène 1 : Au nom du roi, don Arias somme le Comte de présenter ses excuses à don Diègue. Le Comte refuse sèchement : des excuses seraient indignes de son rang et de sa valeur.

Scène 2 : Rodrigue provoque le Comte en duel.

Scène 3 : L'Infante s'efforce de consoler Chimène qui, si elle a appris l'affront, ignore encore que son père et Rodrigue se mesurent déjà les armes à la main.

Scène 4 : Un page informe les deux jeunes femmes qu'on a vu Rodrigue et le Comte s'éloigner des abords du palais en se querellant. Ivre d'angoisse, Chimène s'élance à leur poursuite.

Scène 5 : L'Infante renaît à un espoir insensé. Si Rodrigue tue le Comte, son mariage avec Chimène devient en effet impossible ; et si Rodrigue triomphe d'un tel adversaire, quels exploits n'accomplira-t-il pas par la suite ! Peut-être se taillera-t-il un royaume à la pointe de son épée, et elle pourra ainsi l'épouser. Mais sa gouvernante la rappelle à plus de sagesse et de réalisme.

Scène 6 : Le roi, à qui don Arias rend compte de l'échec de sa mission auprès du Comte, s'irrite de la désobéissance de ce dernier et s'apprête à la sanctionner quand on lui annonce l'arrivée prochaine des Maures (les Musulmans), ennemis traditionnels de la Castille. Ordre est donné de doubler la garde.

Scène 7 : On apprend au roi la mort du Comte.

Scène 8 : Survient aussitôt Chimène qui se jette aux pieds du roi et réclame le châtiment de l'assassin, c'est-à-dire la mort de Rodrigue. Don Diègue plaide en faveur de son fils et déclare assumer l'entière responsabilité du drame : c'est lui qui se serait battu en effet, s'il en avait eu la force. Le roi s'accorde un délai avant de rendre son verdict.

ACTE III

Scène 1 : Elvire, « gouvernante » de Chimène, supplie Rodrigue de ne pas chercher à revoir sa maîtresse.

Scène 2 : Don Sanche, soupirant de Chimène, s'offre à venger la jeune fille en provoquant Rodrigue en duel. Celle-ci refuse : le roi ne lui a-t-il pas promis justice ?

Scène 3 : Chimène dévoile à Elvire ses tourments et laisse éclater sa douleur. Bien que l'honneur lui impose d'obtenir la tête de Rodrigue, elle continue de l'aimer. Elle n'en accomplira pas moins son devoir : mais elle se résout, après qu'elle aura obtenu le châtiment de Rodrigue, à mourir à son tour.

Scène 4 : En pleine nuit, Rodrigue se présente à Chimène pour recevoir la mort de sa main. Devant son refus, il se justifie : c'est à la fois pour venger l'honneur de son père et pour demeurer digne d'elle qu'il a tué le Comte. S'il n'avait pas agi ainsi, il aurait été un lâche ; et comment aurait-elle pu aimer un lâche ? Maintenant qu'il a accompli son devoir filial, il vient, par amour et par respect, lui offrir sa tête. Chimène, qui ne peut naturellement accepter cette cruelle solution, entend, pour demeurer à son tour digne de lui, faire son devoir en le poursuivant en justice. Constatant leur mutuelle « générosité », les deux jeunes gens pleurent sur leur destinée qui s'annonçait heureuse et que le sort a si brutalement brisée.

Scène 5 : Bien qu'il se réjouisse que son fils l'ait vengé, don Diègue craint que les nombreux amis du Comte ne cherchent en représailles à tuer Rodrigue.

Scène 6 : Retrouvant son fils qu'il n'a pas revu depuis le duel fatal, don Diègue l'accueille avec effusion.

Rodrigue laisse percer son désespoir. S'il ne regrette pas d'avoir tué le Comte, il se désespère d'avoir à jamais perdu Chimène : comment pourrait-il désormais l'épouser ? La victoire lui est amère, et il ne songe qu'à mourir. Don Diègue l'envoie alors combattre les Maures : si Rodrigue souhaite tant mourir, qu'il périsse au moins avec gloire sur un champ de bataille ! Mais une victoire remportée sur l'ennemi serait le meilleur moyen de contraindre le roi au pardon, de forcer Chimène au silence et peut-être même de regagner son cœur. Rodrigue prend le commandement d'une petite troupe, composée des amis de son père.

ACTE IV

Scène 1 : Elvire apprend à Chimène l'éclatante victoire de Rodrigue sur les Maures : non seulement il les a mis en déroute, mais il a fait prisonniers les deux rois qui les commandaient. Séville en liesse s'apprête à fêter Rodrigue en héros national. Pour autant, Chimène n'entend pas renoncer à son devoir de vengeance. Comment oublierait-elle que Rodrigue a tué son père ?

Scène 2 : L'Infante exhorte Chimène à renoncer à cette vengeance. En triomphant des Maures, lui explique-t-elle, Rodrigue est devenu indispensable au salut de la Castille. Lui seul saura demain, comme il a su aujourd'hui par sa victoire, défendre le royaume. Demander sa mort équivaut donc à mettre l'État en danger. Chimène se grandirait à faire passer l'intérêt public avant l'honneur de sa famille, mais elle refuse.

Scène 3 : Le roi accueille Rodrigue en héros et, pour l'honorer, l'autorise à porter le surnom de « Cid » (en arabe, *Sidi* : Seigneur) que les rois maures, vaincus par lui mais admiratifs de sa valeur, lui ont donné. Rodrigue raconte alors au roi l'âpreté du combat.

Scène 4 : À peine a-t-il achevé son récit qu'on annonce la venue de Chimène. Contrarié, le roi prie Rodrigue de se retirer et demande à son entourage de feindre la tristesse. Il tient à mettre Chimène à l'épreuve afin de connaître ses sentiments réels.

Scène 5 : Par une ruse grossière, le roi informe Chimène que, bien qu'il soit sorti victorieux du combat, Rodrigue n'a pas survécu à ses blessures. Chimène blêmit aussitôt et défaille. Chacun interprète son malaise comme la preuve de son amour pour Rodrigue. Le roi la rassure donc sur le sort de Rodrigue et lui demande de pardonner à l'assassin de son père. Mais Chimène se récrie : sa défaillance ne provenait que de la douleur de voir Rodrigue... échapper à la justice et à sa vengeance. Comme le roi doute de la validité de l'explication et qu'il prend la défense de Rodrigue, Chimène réclame l'organisation d'un duel judiciaire[1] : elle promet d'épouser quiconque lui apportera la tête de Rodrigue ! À contrecœur, le roi autorise ce duel mais il en modifie autoritairement l'enjeu : Chimène épousera le vainqueur, quel qu'il soit. Don Sanche s'offre à combattre pour Chimène.

ACTE V

Scène 1 : Rodrigue fait part à Chimène de son intention de mourir : par respect et par amour pour elle, il se laissera tuer par don Sanche. Chimène l'encourage au contraire à se défendre, et elle le supplie même de revenir victorieux de ce duel afin de n'être pas contrainte d'épouser don Sanche qu'elle déteste. Rodrigue donne alors libre cours à sa joie : il affronterait le monde entier pour obtenir la main de Chimène !

Scène 2 : Dans un long monologue, l'Infante clame sa douleur. La victoire de Rodrigue sur les Maures montre à l'évidence que si Rodrigue n'est pas roi, il est digne de l'être et donc digne d'être aimé d'une princesse. Constatant toutefois que l'amour persiste entre Rodrigue et Chimène, même après la mort du Comte, elle se résigne douloureusement à étouffer sa passion.

Scène 3 : Sa gouvernante Léonor l'encourage à demeurer dans des dispositions d'esprit aussi héroïques.

1. Sur cette notion du duel judiciaire, voir p. 31-32.

Scène 4 : Chimène expose à Elvire ses tourments. Elle craint en effet tout de ce duel judiciaire. Ou don Sanche l'emporte, et l'ordre du roi l'oblige à épouser un homme qu'elle n'aime pas ; ou Rodrigue triomphe, et ce même ordre la contraint de s'unir à un homme que, certes, elle aime, mais qui a tué son père.

Scène 5 : Coup de théâtre : don Sanche apporte à Chimène son épée et, signe évident de la victoire, celle de Rodrigue. Sans lui laisser le temps de prononcer un seul mot, Chimène le maudit et crie son amour pour Rodrigue.

Scène 6 : En présence du roi et de sa cour, Chimène justifie sa conduite. Tant que Rodrigue vivait, son devoir était de le poursuivre afin de venger la mort de son père. Maintenant qu'il n'est plus et qu'elle a satisfait aux lois de l'honneur, elle peut sans honte pleurer celui qu'elle n'a jamais cessé d'aimer. Aussi, abandonnant ses biens à don Sanche, supplie-t-elle le roi de la laisser se retirer dans un couvent. Celui-ci lui révèle alors que, contrairement à ce qu'elle croit, Rodrigue n'est pas mort. Don Sanche, qui peut enfin parler, explique que Rodrigue l'a désarmé mais qu'il n'a pas voulu tuer le champion qui défendait la cause de Chimène, et qu'il lui a seulement demandé de déposer en hommage leurs deux épées aux pieds de Chimène. De là, le malentendu qui l'a induite en erreur. Conformément à l'ordre qu'il a édicté, le roi lui ordonne d'accepter Rodrigue pour époux.

Scène 7 : Rodrigue, qui ne souhaite pas user de cet ordre royal pour l'épouser, la prie de décider de sa vie et de son avenir. Chimène reconnaît alors publiquement qu'elle ne peut se résoudre à le haïr malgré les événements de cette terrible journée. Elle sollicite toutefois du roi un délai de convenance d'un an avant de s'unir à Rodrigue. Le roi y consent volontiers et décide d'envoyer Rodrigue combattre les Maures durant cette période. Ainsi ce laps de temps permettra à Chimène d'oublier et à Rodrigue de se couvrir de plus de gloire encore.

3 Les personnages

DON DIÈGUE

« Vieillard » tragique, jadis valeureux chef de guerre, don Diègue est un noble intransigeant sur la réputation de sa famille, un père intraitable et pathétique.

Don Diègue est avant tout un homme du passé. Souvent rappelé (v. 156, 237, 698, 1010-1011...), son âge, soixante ans au moins, le range pour l'époque parmi les « vieillards ». Sa faiblesse physique contraste avec ses exploits antérieurs. Ancien chef des armées castillanes, il a jadis remporté victoire sur victoire (v. 240, 701 à 708). Le souvenir de sa bravoure lui vaut encore l'admiration du pays et l'estime de son souverain qui le choisit comme précepteur du prince de Castille.

Le « soufflet » qu'il reçoit constitue la tragédie de son existence. Les exigences de l'honneur sont en effet telles que le moindre affront peut en une seconde effacer la gloire acquise durant toute une vie. Don Diègue, qui pensait son prestige définitivement assuré, découvre avec stupeur que celui-ci est à la merci d'un rival jaloux. Pour comble de misère, la « vieillesse ennemie » (v. 237), trahissant ses forces, l'empêche de se venger.

Aussi n'a-t-il pas d'autre solution que de faire assumer la vengeance par son fils. Tous les autres sentiments cèdent chez lui devant l'impératif absolu de laver l'affront : « Meurs ou tue », dit-il à Rodrigue (v. 275). Don Diègue n'est pas pour autant un père insensible : il craint pour la vie de Rodrigue dont, après le duel fatal, il redoute l'assassinat par l'un des amis du Comte (v. 1018). Quand Chimène réclame le châtiment du coupable, il s'offre en victime expiatoire afin de préserver Rodrigue (v. 724 à 732). Son amour paternel sait même à l'occasion se servir de la raison d'État. Non sans habileté, il renvoie Rodrigue combattre les Maures dans l'espoir certes de sauver la Castille, mais aussi de forcer le « monarque au pardon et Chimène au silence » (v. 1094). Don Diègue incarne en définitive un gentilhomme du passé intransigeant sur les principes ; il est un père intraitable et inquiet à la fois.

DON GOMÈS

Prestigieux général en chef des armées de Castille, le comte don Gomès, père de Chimène, est un noble orgueilleux, déplaisant, et un rebelle.

Le Comte sort d'une famille aussi illustre que celle de don Diègue. Âgé d'environ quarante ans, il est plus jeune que don Diègue à qui il a succédé à la tête des armées (v. 208 à 210). Quand débute la pièce, il s'est depuis longtemps couvert de gloire.

Son caractère le rend toutefois insupportable d'orgueil. Conscient — trop conscient — de sa valeur, le Comte estime avoir droit aux récompenses royales. Il ne les attend pas en sujet fidèle, il les exige. Le poste de précepteur du prince héritier lui semble le paiement naturel de ses exploits. En fait, s'il sert don Fernand, c'est moins en officier respectueux de l'ordre monarchique que pour accroître sa propre réputation. Son comportement est politiquement inacceptable.

Le Comte meurt d'ailleurs en rebelle. Sa désobéissance est patente. En contestant la nomination de don Diègue, il s'en prend ouvertement aux décisions du roi (v. 561 à 572), dont il se juge l'égal en son for intérieur (v. 157).

RODRIGUE

Âgé de dix-huit ans, Rodrigue est un fils obéissant, un « amant »[1] exemplaire, un valeureux combattant et un sujet loyal. Il incarne le type même du héros cornélien.

1. Dans la langue du XVIIe siècle, un « amant » est celui qui aime et qui est aimé, sans idée obligée de possession physique ; celui qui aime sans être payé de retour est un « amoureux » : c'est le cas de don Sanche.

Un fils obéissant

Rodrigue est conscient des devoirs que lui impose son appartenance à une grande famille aristocratique. À défaut du père physiquement trop faible, il sait que le fils doit venger l'honneur familial. À peine apprend-il l'affront que son indignation éclate et qu'il est prêt à se battre (v. 261).

La révélation du nom de l'« offenseur » — le père de Chimène ! — le foudroie. Un instant, Rodrigue envisage de se suicider (v. 321). Mais cette tentation n'est que passagère. En digne héritier de don Diègue, Rodrigue se comporte avec panache et héroïsme : le duel signifie pour lui la certitude de ne jamais épouser Chimène.

Un « amant » exemplaire

En se refusant, malgré les conseils de don Diègue (v. 1058), à oublier celle qu'il aime et à chercher une autre femme, Rodrigue témoigne de la profondeur de sa passion pour Chimène qui est à ses yeux unique et irremplaçable (v. 1061 à 1070). Même s'il est convaincu que tout désormais les sépare, Rodrigue veut du moins montrer que s'il ne peut épouser Chimène, il demeure digne d'elle.

Un valeureux combattant

Le combat contre les Maures révèle un autre aspect de Rodrigue. Jusqu'à cette bataille, celui-ci n'est qu'un jeune noble au courage prometteur. En tuant le Comte, son coup d'essai a été un coup de maître, mais le hasard ou la chance pouvait l'avoir servi. Son triomphe sur les Maures fait en revanche de lui un héros indiscutable. L'exploit s'est renouvelé, agrandi aux dimensions d'un combat historique. Le meurtrier du Comte devient le successeur du même Comte. Le surnom de « Cid » (en arabe : Seigneur), que les Maures lui ont donné et que le roi don Fernand l'autorise à porter comme un titre de gloire, témoigne du changement de statut de Rodrigue. Celui-ci n'est plus seulement un fils et un « amant » exemplaires, il est désormais le soutien de la Castille, l'homme indispensable à la survie de l'État.

Un sujet loyal

Alors que le Comte était prompt à se révolter, Rodrigue s'avère au contraire un sujet loyal, manifestant envers le roi une totale déférence. Son « sang », sa vie appartiennent tout entiers à son souverain (v. 1233 à 1236). C'est sans murmure ni protestation que Rodrigue se soumet à l'ordre royal de porter la guerre en terre musulmane (v. 1822 à 1828). Par son exemple, Rodrigue montre qu'il est possible de concilier les devoirs de l'honneur et la fidélité du sujet. Si don Diègue est un homme du passé, si le Comte incarne l'aristocratie guerrière turbulente et insoumise, Rodrigue représente une nouvelle génération de gentilshommes, ceux de l'avenir, sur lesquels le roi peut compter pour construire l'État.

Un héros cornélien

Chacun des éléments qui composent la personnalité de Rodrigue (le fils, l'« amant » et le sujet) se trouve dans son principe en contradiction avec les deux autres. Comme fils, Rodrigue doit laver l'affront infligé à son père et cet accomplissement de la vengeance l'éloigne logiquement de la possession de Chimène :

> Allons, mon bras, sauvons du moins l'honneur,
> Puisqu'après tout il faut perdre Chimène.
>
> (v. 339-340),

reconnaît-il lui-même ; et don Diègue l'a invité d'ailleurs après la mort du Comte au « change » (v. 1062), à aimer une autre femme. La morale aristocratique que sa naissance le contraint de respecter anéantit tous les espoirs de l'« amant ». La réciproque n'est pas moins vraie. Sa situation d'« amant » va à l'encontre de sa position de fils, puisque l'homme qu'il lui faut combattre est le père de la jeune fille qu'il aime. En tant que sujet, Rodrigue doit obéir au roi et, le cas échéant, mourir pour lui (v. 1233-1234). Obéir à don Fernand qui réprouve la pratique des duels, c'est ne pas défier le Comte et, donc, ne pas assumer son devoir filial ; repousser les Maures, c'est risquer la mort et donc perdre Chimène.

Rodrigue vit ainsi en permanence écartelé entre des impératifs contradictoires. Sa sensibilité, son être tout entier (son « moi ») devraient en demeurer à jamais déchirés et mutilés. Or, il n'en est rien. À la fin de la pièce, Rodrigue triomphe et retrouve son unité profonde d'homme. Il aura réussi tout à la fois à être fils, « amant » et sujet, à concilier ce qui était en apparence inconciliable.

Là réside l'héroïsme de Rodrigue, dans la construction de son harmonie vitale.

L'homme qu'il est se trouve projeté à un sommet où se réunissent et s'équilibrent les exigences aristocratiques, amoureuses et politiques[1].

CHIMÈNE

Âgée de seize à dix-huit ans, Chimène, fille du comte don Gomès, est une « amante »[2] passionnée, déchirée, héroïque.

Une « amante » passionnée

Rien à l'origine (acte I, scène 1) ne la prédispose au drame. Elle aime, elle est aimée, et son père approuve sa passion. Chimène a même de la chance. Son devoir filial d'obéissance rejoint ses désirs secrets et intimes. Une vie heureuse s'ouvre devant elle. Le « soufflet » brise ses espérances. Si tragique soit-il, le duel fatal permet pourtant à Chimène de se révéler à elle-même. Sans celui-ci, son mariage avec Rodrigue n'aurait été qu'une belle mais ordinaire union, comme la cour du roi devait en voir souvent. L'assassinat de son père lui fait paradoxalement prendre conscience de la force de son amour. Loin de détester le meurtrier, elle continue de le chérir : « Je ne te hais point » (v. 963), lui dit-elle pudiquement ; « je l'adore » (v. 810), confie-t-elle en privé à Elvire. Chimène est la femme d'un seul amour et d'un

---

1. Sur les principales caractéristiques de l'héroïsme cornélien, voir pp. 41-46.
2. Voir la note 1, p. 18.

seul homme. Elle inaugure la galerie des grandes amoureuses du théâtre de Corneille qui n'existent que par et pour leur passion.

Une « amante » déchirée

Son amour ne lui fait pas toutefois oublier ses obligations. « Amante », Chimène est aussi l'héritière d'une des grandes maisons de Castille, et comme Rodrigue, elle assume d'emblée les devoirs inhérents à sa haute naissance : tout affront doit être vengé ; la mort de son père, si elle restait impunie, entacherait le nom qu'elle porte. Chimène n'hésite pas. À peine a-t-elle vu le cadavre de son père qu'elle court réclamer au roi le châtiment de l'assassin (II, 8). Chimène se trouve ainsi dans une situation tragique, puisque le sort l'oblige à requérir la peine capitale contre l'homme qu'elle aime le plus au monde, puisqu'elle ne peut crier sa passion sans se souvenir de la vengeance, ni crier vengeance sans se souvenir de sa passion. Aussi adopte-t-elle un comportement qui n'est contradictoire qu'en apparence : en privé, Chimène avoue redouter d'obtenir la mort de Rodrigue (III, 4 ; V, 4) ; en public, elle ne cesse de la réclamer (II, 8 ; IV, 5). Ce déchirement intime fonde son héroïsme. Du fond de son désespoir, Chimène sait qu'il n'y a aucune issue satisfaisante à son drame. Quelque solution qu'elle envisage, elle bafoue une partie de sa sensibilité, de sa nature féminine. La fille ne peut en elle tuer l'« amante », ni l'« amante » tuer la fille. On comprend que, dans ces conditions, Chimène n'imagine pas de survivre au châtiment éventuel de Rodrigue (v. 995 à 997).

Une « amante » héroïque

Sa volonté de demeurer fidèle à son devoir est d'autant plus héroïque qu'elle provient d'un effort permanent, comme le montre la nouvelle de la fausse mort de Rodrigue qui la jette dans une « pâmoison » proche de l'évanouissement (IV, 5).

L'héroïsme de Chimène réside en effet dans la tension permanente qui l'habite, dans la coexistence intime du devoir et de la passion et dans sa volonté de faire malgré tout triompher son devoir. De même que l'irruption de l'histoire, par le biais de sa victoire sur les Maures, permettait à Rodrigue de sortir de l'impasse où il se trouvait, de même l'ordre du roi permet à Chimène de dépasser ses propres contradictions et d'en réaliser la synthèse. Certes l'ordre royal et le quiproquo[1] final sont moins glorieux pour Chimène que ne l'est la victoire de Rodrigue sur les Maures. Mais, en tant que femme, Chimène ne peut conduire une armée. Il n'en demeure pas moins que, comme *Cinna* et *Polyeucte*, *Le Cid* voit la crise tragique se dénouer par la constitution d'un couple héroïque. Chimène n'est pas inférieure à Rodrigue : par des voies différentes, elle le rejoint dans le même univers de gloire, de liberté et d'héroïsme.

On se reportera au chapitre 8 (p. 50) sur la politique dans *Le Cid* pour l'analyse de l'action du Roi ; et au chapitre 6 (p. 35) pour l'analyse de l'amour que l'Infante éprouve pour Rodrigue.

---

1. Un quiproquo est une méprise.

4 Sources et originalité de Corneille

Corneille n'a inventé ni le personnage de Rodrigue ni celui de Chimène, ni leurs tragiques amours. Rodrigue et Chimène ont réellement existé, furent réellement mariés, et aujourd'hui encore on peut voir leur tombeau dans la cathédrale de Burgos où, selon la tradition, ils ont été enterrés. Très rapidement, après leur mort, la légende s'empara d'eux et ils prirent place parmi les héros les plus populaires d'Espagne.

« LE CID » DU THÉÂTRE ESPAGNOL

Guillén de Castro (1569-1631) fut le premier à adapter pour le théâtre la vie de Rodrigue et de Chimène dans l'une de ses pièces intitulée *Las Mocedades del Cid (Les Enfances du Cid)*, publiée en 1618, et dont voici le résumé :

Première journée

Désigné comme précepteur du prince héritier, don Diègue est souffleté par le Comte devant le roi. Rentré chez lui, il met à l'épreuve ses trois fils pour savoir lequel d'entre eux le vengera. Seul Rodrigue réagit conformément à ses espoirs, et il lui confie le soin de le venger. Rodrigue, amoureux de Chimène, laisse éclater sa souffrance. Il tue le Comte en duel sous les yeux de Chimène.

Deuxième journée

Chimène réclame justice au roi. Rodrigue vient lui offrir sa tête. Don Diègue lui donne le commandement d'une troupe d'amis pour combattre les Maures. Un berger peureux, juché sur un arbre, décrit la bataille. De retour à Burgos, la capitale, celui-ci fait au roi le récit du combat. En grand deuil, Chimène demande de nouveau justice. Le roi se résigne à bannir Rodrigue.

Troisième journée (qui se déroule un an après le début de l'action)

Le roi, qui connaît l'amour de Chimène pour Rodrigue, prépare une ruse : il lui fait dire que Rodrigue vient de trouver la mort dans une embuscade. Chimène s'évanouit. Détrompée, elle se ressaisit et promet d'épouser quiconque tuera Rodrigue. Celui-ci vit pendant ce temps loin de la Cour, dans une forêt.

La nouvelle lui parvient d'un différend frontalier entre les royaumes de Castille et d'Aragon. Un combat singulier doit le régler. Mais aucun Castillan n'ose affronter le redoutable Aragonais don Martin Gonzalez. Rodrigue revient à temps pour relever le défi.

On informe Chimène de la mort de Rodrigue. Elle déclare aussitôt vouloir se retirer dans un couvent, quand celui-ci réapparaît. Lui-même était à l'origine de ce subterfuge destiné à percer les véritables sentiments de Chimène à son égard. Le mariage est célébré le soir même, trois ans après la mort du Comte.

L'ORIGINALITÉ DE CORNEILLE

Corneille s'est inspiré, et parfois de fort près, du texte de Guillén de Castro. Mais il ne s'est pas contenté en la circonstance d'une simple imitation. En se livrant à un travail de simplification, de condensation, d'intériorisation de l'action, et d'invention, il a fait une œuvre originale et personnelle.

Un travail de simplification

Ce qui frappe, quand on compare les deux pièces, c'est le nombre important de péripéties que Corneille a supprimées. De son modèle espagnol, Corneille n'a en effet retenu ni l'épisode du berger peureux racontant la bataille, ni l'exil de Rodrigue. Le différend de la Castille avec l'Aragon et le sombre personnage de don Martin Gonzalez disparaissent également.

Un travail de condensation

Ces suppressions ont permis à Corneille de condenser l'action et de la concentrer sur l'essentiel : le drame personnel de Rodrigue et de Chimène. Longtemps tenu secret dans la pièce espagnole, l'amour des deux jeunes gens est d'emblée connu de tous, puisque dès la première scène du premier acte le Comte autorise sa fille à épouser Rodrigue. Du même coup, le duel qui oppose Rodrigue et le Comte devient fatal aux deux « amants », et fait renaître l'espoir dans le cœur de l'Infante, dont on sait également depuis le premier acte qu'elle aime depuis toujours Rodrigue.

Corneille a en outre resserré l'action. Là où Guillén de Castro racontait trois ans de la vie du Cid, Corneille en relate une journée, même si, comme on le verra dans l'étude de la dramaturgie, l'« unité de temps » en souffre quelque peu. L'action y gagne en rapidité et en intensité, car il est bien évident que tout le pathétique[1] de la pièce provient de ce que c'est en vingt-quatre heures (ou presque) que les deux « amants » parviennent à surmonter l'obstacle en apparence le plus infranchissable à leur union.

Un travail d'intériorisation

Dans *Le Cid*, tout se passe dans le cœur et dans l'âme des jeunes gens. Corneille a bien vu que l'intérêt profond de l'histoire résidait dans le combat psychologique et moral que les personnages doivent d'abord livrer contre eux-mêmes. Il a donc donné à quelques scènes plus d'importance qu'elles n'en avaient chez Guillén de Castro — telles les deux rencontres, lourdes d'émotion, de Chimène et de Rodrigue (III, 4 et V, 1).

---

1. Est qualifié de pathétique tout ce qui provoque une vive et pénible émotion.

Un travail d'invention

Enfin, Corneille a ajouté des éléments qui ne figuraient pas expressément dans le texte de Guillén de Castro. Son travail d'invention s'opère sur deux plans : celui des personnages et celui des péripéties.

S'il a supprimé des personnages, Corneille en a en effet imaginé un autre (don Sanche) ou développé considérablement ce qui n'était que des silhouettes fugitives chez son modèle. Ainsi, bien qu'il n'apparaisse que dans trois scènes, le Comte acquiert une réelle densité, au point d'incarner le type même du noble violent, orgueilleux et dangereux : en quelques répliques, tout est dit.

Des péripéties nouvelles surgissent : toutes celles qui ont trait à la lutte douloureuse de l'Infante contre sa passion ; le retour de don Sanche déposant deux épées aux pieds de Chimène, dès lors convaincue de la mort de Rodrigue ; l'intervention du roi qui modifie les conditions et l'enjeu du duel judiciaire.

5 L'honneur ou la mort

Le Cid ne met en scène que de très hauts personnages. Tout se passe en réalité entre deux grandes familles : celles de don Diègue et du comte don Gomès. Or cette appartenance des principaux protagonistes à la vieille noblesse du royaume engendre des comportements et un système de valeurs particuliers qui sont à l'origine même du drame.

LA PRIMAUTÉ DE LA RACE SUR L'INDIVIDU

Une morale de clan

Au regard de la morale aristocratique, telle que l'incarnent dans toute sa rigueur don Diègue et le Comte, l'individu n'existe pas pour lui-même, mais pour et par la famille dont il est issu. Seul importe le lignage, c'est-à-dire la longue suite des ancêtres. Quand le Comte accepte Rodrigue pour gendre, il se décide moins en fonction des qualités personnelles de Rodrigue que du prestige de la famille à laquelle le jeune homme appartient. Ses yeux laissent pressentir « l'éclatante vertu » de ses « braves aïeux » (v. 28), dit le Comte, qui précise :

> Je me promets du fils ce que j'ai vu du père.
>
> (v. 37).

Rodrigue n'est pas dépeint pour lui-même mais par rapport à ses ascendants, à don Diègue. Sa vie consiste à renouveler aujourd'hui et demain ce que les siens ont accompli dans le passé.

De même, après avoir reçu le « soufflet » du Comte, don Diègue ne dit pas : c'est le premier affront que je subis, mais il s'exclame : c'est « Le premier dont *ma race* ait vu rougir son front » (v. 228). L'offensé songe d'instinct à son clan, tout comme il considère son fils non pas comme une personne autonome et indépendante, mais comme un second lui-même : « Je reconnais *mon sang* » (v. 264), « *Ma jeunesse* revit » (v. 265), s'écrie don Diègue devant la fougue de Rodrigue à le venger. C'est encore comme « héritier d'une illustre famille » (v. 1209) que le roi accueille le vainqueur des Maures.

Un vocabulaire spécifique

Le noble est toujours prisonnier de sa généalogie. Le vocabulaire traduit et reflète cette primauté du clan dans la mentalité nobiliaire. Le mot « race » ou son équivalent, celui de « maison » (famille noble), reviennent à plusieurs reprises (notamment aux vers 31, 228, 1030) ; quant au mot « sang », d'un usage encore plus fréquent[1], il souligne l'appartenance biologique à une race qui se perpétue à travers les générations. Don Diègue reconnaît son « sang » au « noble courroux » de son fils (v. 264) ; Rodrigue affirme fièrement qu'il est du « sang » de son père (v. 402) ; Chimène parle du « sang » du Comte qui crie « vengeance » (v. 832) ; et l'Infante évoque « les intérêts du sang » (v. 1200). À l'origine est donc la « race ».

LA PRÉPONDÉRANCE DE L'HONNEUR

L'honneur, un patrimoine moral

Plus une famille est ancienne, plus les ancêtres furent prestigieux et plus ses membres vivants ont en effet l'ardente obligation de maintenir et, si possible, d'accroître sa réputation. De même que l'individu se fond dans le groupe dont il est issu, de même la gloire qu'il acquiert ira en grossir la renommée. À l'inverse, la moindre lâcheté éclabousse évidemment son auteur, mais aussi la « maison » dont il est l'héritier, car elle constitue la preuve que la race n'a pas su conserver à travers le

1. Voir notamment les vers 26, 264, 402, 676, 832, 1200.

temps le même haut niveau de réputation. C'est alors la rupture d'une continuité, la honte, la « dégénérescence » au sens strict du mot, c'est-à-dire la perte des qualités de la race. Le désespoir de don Diègue de ne pouvoir se venger lui-même est d'autant plus pathétique qu'il porte littéralement sur ses épaules le poids de sa race qu'il croit à jamais déshonorée. Dépositaire et responsable du renom de son lignage, le noble possède un patrimoine moral à défendre. Personnel, le déshonneur est en conséquence toujours collectif et rétroactif. Mais s'il rejaillit sur les ascendants, il n'épargne pas davantage les descendants. Rodrigue et Chimène ont le devoir de venger leurs pères respectifs. Dans chacun de ses actes, le noble s'engage et engage le passé et l'avenir. On comprend dans ces conditions que l'honneur prime toute autre considération, que la mort soit de maigre importance au regard du renom de la race. L'honneur se confond avec le désir de conserver à ses yeux sa propre estime, de provoquer l'admiration d'autrui, de refuser toute vilenie.

La bravoure militaire

La bravoure militaire en est l'illustration ordinaire. Les hommes présents dans *Le Cid* sont ou furent sans aucune exception de valeureux guerriers. L'image fréquente du « bras »[1] qui porte l'épée et assène les coups symbolise par excellence cet univers de la force physique. Chacun souhaite égaler ou surpasser les exploits de ses aïeux. Aussi l'accusation de lâcheté est-elle la pire des insultes. « Rodrigue, as-tu du cœur ? » (c'est-à-dire du courage) demande don Diègue à son fils (v. 261). Poser la question, c'est déjà en douter. Don Diègue la pose pour tester son fils. La réponse immédiate et indignée de Rodrigue, prêt à faire payer de tels propos à « tout autre que [son] père » (v. 261), le comble de joie. « As-tu peur de mourir ? » lance à son tour Rodrigue au Comte (v. 440). Le soupçon est aussi infamant pour le père de Chimène que l'est pour Rodrigue la question de savoir s'il a du « cœur ». Insulté, le Comte ne peut qu'accepter le duel que lui propose Rodrigue. Toute

1. Voir notamment les vers 241-242.

atteinte à l'intégrité physique ou morale d'un noble est un insupportable affront qu'il faut effacer. Entre la défense de son honneur et la mort, le noble ne peut hésiter.

LES DUELS

Se battre en duel est le seul moyen pour un homme de venger son honneur. À aucun moment don Diègue n'imagine de porter devant le roi son différend avec le Comte ; parmi toutes les hypothèses qu'il envisage dans les stances (Acte I, scène 6), Rodrigue ne conçoit pas celle de recourir à don Fernand. Comme l'affront est personnel, la vengeance doit être personnelle. S'adresser, comme on le ferait de nos jours, à la justice, et porter l'affaire devant un tribunal équivaudrait à remettre à un tiers, étranger au débat, le soin de se défendre et de défendre la réputation de la race. Ce serait une indignité, reconnaître son incapacité, par lâcheté physique ou morale, à veiller sur sa gloire. Quelle qu'en soit l'issue, le duel lavait en effet l'affront. Ou l'on mourait et l'on avait montré qu'on ne voulait pas survivre au désespoir ; ou l'on triomphait et avec la mort de l'« offenseur » disparaissait l'affront. Pour une femme, le cas était différent. La mentalité du XVIIe siècle n'eût pas admis que Chimène se battît en duel ; le poids très lourd d'une épée à cette époque-là et l'énergie physique qu'exigeait tout combat n'auraient d'ailleurs pas rendu l'hypothèse vraisemblable. Une femme se devait alors de prendre un champion, un défenseur de sa cause.

Trois sortes de duels

Le Cid évoque ainsi trois sortes de duels.

Le premier duel, qui oppose le Comte et Rodrigue, était un duel « à la haie », parce qu'il se déroulait dans un endroit discret, derrière une « haie », sans contrôle ni cérémonial.

Le deuxième duel, dit « à tous venants », est simplement évoqué par Chimène, car le roi l'interdit aussitôt : il aurait consisté à faire combattre Rodrigue contre d'innombrables et successifs champions de Chimène jusqu'à ce que l'un d'eux l'eût emporté (v. 1401 à 1405). Sans l'interdiction du roi, Rodrigue, qui n'aurait pu se dérober sous peine de passer pour un lâche, aurait couru les plus grands risques.

Le troisième duel – le duel judiciaire entre Rodrigue et don Sanche – correspondait à une « vieille coutume » (v. 1406) qui avait existé en France jusqu'au milieu du XVIe siècle. Il était destiné soit à punir un présumé coupable dont la justice n'avait pu réunir les preuves de la culpabilité, soit à châtier un homme que le roi ne voulait pas punir (pour des raisons politiques, par exemple, comme dans *Le Cid*), soit à laver un suspect de toute accusation, si Dieu lui accordait la victoire. On considérait en effet que Dieu, refusant par définition l'injustice, donnait automatiquement la victoire à l'innocent ou à la victime qui se plaignait, et qu'il laissait mourir le coupable.

UN MONDE DE CRUAUTÉ

Du mépris à l'injure

Bien que *Le Cid* soit une émouvante histoire d'amour, la pièce reste empreinte d'une cruauté absolue. Dans la mesure en effet où l'honneur implique l'exploit guerrier, seul compte l'individu qui sait se battre. Celui qui ne le peut plus parce qu'il est trop vieux ou qui ne le peut pas encore parce qu'il est trop jeune, n'est digne d'aucun intérêt. Ni la déférence ni la cordialité ne caractérisent les relations de don Diègue et du Comte. Envers don Diègue, son aîné de vingt ans environ, le Comte n'éprouve que du mépris : il le qualifie de « vieux courtisan » (v. 219), d'impudent (d'effronté) et de « téméraire vieillard » (v. 226). Son refus de le tuer est une insulte supplémentaire : en le tuant, le Comte permettrait à don Diègue de sauver son honneur. Marque suprême de mépris : il ne ramasse même pas l'épée du vieil homme.

Au dédain de la vieillesse correspond symétriquement une condescendance injurieuse à l'égard de la jeunesse. Un instant saisi de pitié, le Comte hésite à se mesurer avec Rodrigue :

Dispense ma valeur d'un combat inégal ;
Trop peu d'honneur pour moi suivrait cette victoire.
(v. 432-433).

Le refus de toute sentimentalité

La cruauté dans laquelle baigne *Le Cid* ne provient pas toutefois de la seule attitude du Comte. La primauté de l'honneur aboutit à la subordination ou à la disparition, au moins passagère, de toute sentimentalité. « Meurs ou tue » (v. 275), commande don Diègue à son fils. Déjà cruelle en soi, la formule l'est encore plus dans le contexte où don Diègue la prononce : non seulement le Comte est le père de Chimène, mais c'est « un homme à redouter » (v. 276), un « grand capitaine » (v. 281), et Rodrigue ne s'est encore jamais battu en duel. L'ordre du père au fils résonne comme une possible condamnation à mort, prononcée sans hésitation.

Dans cet univers brutal, l'amour se trouve enfin ravalé au rang d'un « plaisir » indigne toujours synonyme de faiblesse.

Je sais ta passion, et suis ravi de voir
Que tous ses mouvements cèdent à ton devoir,
Qu'ils n'ont point *affaibli* cette ardeur magnanime.
(v. 423-425),

dit le Comte à Rodrigue ; à quoi font écho ces paroles de don Diègue à son fils :

Mais d'un cœur magnanime éloigne ces *faiblesses*.
(v. 1057).

Quoiqu'ils soient rivaux puis ennemis, les deux pères communient dans le même idéal viril et misogyne. Rodrigue lui-même ne regrettera pas d'avoir tué le Comte.

La société où évoluent les personnages repose en définitive sur la cruauté sereine de la loi du plus fort. Il n'est dès lors pas étonnant qu'à l'exception de l'Infante et de Chimène, les femmes soient si peu présentes dans *Le Cid*. Qui est la reine ? Qui est la mère de Chimène ? de Rodrigue ? Les femmes n'ont que faire dans un univers fondé sur des valeurs guerrières. Le monde du *Cid* est tout de violence et de dureté.

6 La passion amoureuse

L'amour constitue l'un des thèmes essentiels du *Cid.* Il l'est d'abord sur le simple plan de l'intrigue : l'Infante aime Rodrigue qui aime Chimène et qui est aimé d'elle. Cet enchaînement fait déjà de la passion l'un des principaux ressorts de la pièce. L'amour est ensuite, et surtout, un thème important sur le plan beaucoup plus profond de l'évolution des personnages. De rudes, voire d'insurmontables obstacles contrarient en effet la passion que chacun d'eux éprouve.

Dépassant en outre leur propre individualité, leur comportement a des répercussions sur le système de valeurs de la société tout entière. C'est pourquoi l'amour occupe une place capitale dans *Le Cid.* Sensuel, puissant, l'amour ne se dissocie ni de l'estime ni de l'honneur, et se fonde sur la liberté. C'est même parce qu'il est une force irrésistible et sensuelle qu'il implique l'estime et la liberté.

L'AMOUR : UNE FORCE SENSUELLE ET IRRÉSISTIBLE

Les « amants » du *Cid* ont un peu moins de vingt ans : quoi de plus naturel que la passion les brûle ? Toutefois il n'apparaît pas toujours à une première lecture de la pièce que cette passion soit sensuelle. Les bienséances, alors en vigueur au théâtre, proscrivaient en effet toute allusion trop directe au corps, à la sensualité ou à la sexualité. Les mots se devaient en conséquence de suggérer le désir physique sans le dépeindre. Il convient donc de leur prêter une grande attention, et une attention d'autant plus grande que leur signification s'est parfois affaiblie depuis le XVIIe siècle.

Un élan de tout l'être

Mais, dès lors que l'on tient compte des contraintes des bienséances et qu'on redonne au langage sa puissance originelle, l'amour apparaît bien dans *Le Cid* comme un élan sensuel de l'être. Pour Rodrigue, l'Infante a un véritable coup de foudre : son cœur « est embrasé » (v. 120), s'accélère, « se trouble » de simplement prononcer le « nom de son vainqueur » (v. 84). L'image empruntée au vocabulaire du feu et l'émotion de la princesse indiquent assez la séduction physique qu'exerce Rodrigue sur elle. L'Infante parle d'ailleurs elle-même de la « surprise » de ses « sens » (v. 98), de ses « désirs » (v. 1574), le pluriel atténuant ce que le mot « désir », s'il était employé au singulier, aurait de trop évocateur. Rodrigue, de son côté, n'aspire qu'à la possession physique de Chimène dont, croit-il, le devoir familial de vengeance l'éloigne à jamais : « Tous mes plaisirs sont morts » (v. 313), constate-t-il douloureusement après avoir appris l'identité de l'« offenseur » de son père ; et, devant don Diègue, il se désespère de ne plus pouvoir « posséder Chimène » (v. 1069). Celle-ci ressent pour Rodrigue une attirance qui n'est pas moins vive. Elle s'emporte contre l'« honneur impitoyable à [ses] plus chers désirs » (v. 459) ; pour se donner le courage nécessaire à « poursuivre » Rodrigue devant la justice, elle refuse que son « cœur » soit « honteusement surpris par d'autres charmes » (v. 833) — formule élégante et discrète pour dire que l'attrait qu'elle éprouve pour Rodrigue ne saurait lui faire oublier son devoir.

Une passion brûlante

Aussi n'est-il pas étonnant qu'il soit une force qui domine l'être. Malgré son héroïsme, malgré sa volonté de ne pas céder, par devoir, à la passion qui la brûle, l'Infante court de défaite en défaite, entend peu

> [...] la raison
> Quand le cœur est atteint d'un si charmant poison !
> (v. 523-524).

Sa « flamme » se nourrit du moindre espoir que lui offrent les péripéties de l'action, renaît dès l'annonce du duel entre Rodrigue et le Comte (v. 515 à 517), la jette dans un rêve insensé après la victoire de Rodrigue sur les Maures (v. 1632 à 1636). Sa lutte, chaque fois perdue et chaque fois recommencée, souligne la puissance du sentiment amoureux.

Le malheur qui dresse Chimène et Rodrigue l'un contre l'autre, s'il les sépare, ne tue pourtant pas l'amour qu'ils se vouent. Convaincu de ne jamais pouvoir épouser Chimène, Rodrigue ne songe, certes, qu'à mourir de la main même de son « amante » (v. 869-870), sur un champ de bataille ou de l'épée de don Sanche (v. 1480) : « Le trépas que je cherche est ma plus douce peine » (v. 1070), dit-il à son père. Mais, pas un instant, il n'envisage d'oublier Chimène et, plus tard, de se marier avec une autre femme. Comme Rodrigue est l'homme d'un seul amour, Chimène est la femme d'une passion unique : « C'est peu de dire aimer, Elvire : je l'adore » (v. 810), avoue-t-elle en privé à sa gouvernante, juste après, pourtant, que Rodrigue a tué le Comte. Sa « pâmoison » (son malaise) à l'annonce de la fausse mort de Rodrigue est une preuve de son amour d'autant plus éclatante qu'elle est spontanée. « Je ne te hais point » (v. 963), dit-elle encore à Rodrigue dans une litote[1] admirable d'émotion ; et les deux « amants », en dépit du drame, communient dans le regret d'un bonheur frappé par le sort : « Ô miracle d'amour ! [...] / Rodrigue, qui l'eût cru ? / Chimène, qui l'eût dit ? / Que notre heur[2] fût si proche, et si tôt se perdît ? » (v. 985 à 988). Ils triomphent tous deux du plus grand des obstacles, le meurtre du Comte par Rodrigue, et ce succès montre assez la force de l'élan qui les porte l'un vers l'autre.

---

1. Une litote est une figure de style consistant à employer une expression atténuée pour laisser entendre plus qu'on ne dit. Ici, « je ne te hais point » signifie : je t'aime.
2. « Heur » : bonheur.

AMOUR, ESTIME ET HONNEUR

Cet amour impérieux et sensuel n'est pourtant pas source d'aveuglement et de déraison. S'il est désir de l'autre, il est aussi estime de l'autre, comme le prouvent les comportements de Rodrigue et de Chimène.

L'alliance de l'amour et du devoir

Le monologue de Rodrigue (Acte I, scène 6), dit scène des « stances »[1], juste après que celui-ci vient d'apprendre qu'il doit se battre contre le père de Chimène, est à cet égard révélateur. « Imprévue aussi bien que mortelle » (v. 292), cette nouvelle l'immobilise et semble le plonger dans l'incertitude. Il ne s'agit en fait que d'une apparence. À aucun moment, Rodrigue n'hésite. Dès la première strophe, se trouve souligné le caractère inéluctable de la vengeance (« Misérable vengeur d'une juste querelle », (v. 293). Un instant envisagée, la fuite dans la mort par le suicide (v. 329-330) est vite rejetée parce qu'elle s'avère trop contraire à la « gloire » (v. 331 à 334). L'amour, enfin, *autant que* l'honneur, lui commande de punir l'« offenseur ». S'il se dérobait à son devoir, Rodrigue en effet dégénérerait et deviendrait aussitôt indigne de Chimène. C'est ce qu'il lui expliquera lors de leur première rencontre (III, 4) : « Un homme sans honneur ne te méritait pas » (v. 888) ; et Rodrigue ajoute :

> Qui m'aima généreux, me haïrait infâme.
>
> (v. 890).

Rodrigue combat donc le Comte autant par honneur que par amour pour Chimène. S'il ne l'avait pas fait, il aurait non seulement perdu toute estime à ses propres yeux, mais toute l'estime de Chimène. Il se serait déshonoré, et son amour serait devenu déshonorant pour Chimène. Comment celle-ci pourrait-elle non seulement continuer d'aimer un lâche, mais encore comment aurait-elle pu l'aimer ? C'est pourquoi Rodrigue soutient : « Je

---

1. Sur la définition et la fonction des stances, voir p. 66-67.

le ferais encor, si j'avais à le faire » (v. 878). Ces propos ne sont ni cruels ni barbares, mais traduisent la simple et dure réalité où se trouve Rodrigue. Il n'y a pas dans *Le Cid* de contradiction entre l'amour et l'honneur.

L'estime, fondement de l'amour

Chimène le comprend d'ailleurs fort bien. À peine a-t-elle appris la querelle qui a éclaté entre son père et don Diègue qu'elle tremble pour Rodrigue et pour elle-même (v. 490 à 492). Elle ne le blâme pas d'avoir opté pour la vengeance (v. 911).

Le drame, par la compréhension mutuelle dont font preuve les deux « amants », loin de les éloigner, les rend paradoxalement dignes l'un de l'autre. Il les lie beaucoup plus profondément que ne les unissait l'accord de leurs familles respectives. L'estime qu'ils se vouent éclate dans le parallélisme de leur conduite :

> Tu t'es, en m'offensant, montré digne de moi ;
> Je me dois, par ta mort, montrer digne de toi.
>
> (v. 931-932),

dit Chimène à Rodrigue. Tous deux découvrent dans l'épreuve leur mutuelle grandeur d'âme.

AMOUR ET LIBERTÉ

La mentalité nobiliaire, comme on l'a vu[1], subordonnait totalement l'individu à la race. Seuls importaient le renom et la pérennité du clan. L'individu n'était jamais un être unique, indépendant : il n'était qu'un chaînon de la lignée à travers le temps. De cette mentalité nobiliaire que personnifient dans toute sa rigueur don Diègue et le Comte, l'amour de Chimène et de Rodrigue provoque la disparition définitive. Entre les pères et leurs enfants s'instaure un véritable conflit de génération dont le sentiment amoureux est à la fois le moteur et le grand bénéficiaire.

---

1. Voir p. 28 et 29.

Don Diègue : la négation de l'amour

Pour don Diègue, Chimène n'existe pas en effet comme Chimène, c'est-à-dire comme une jeune fille précise, unique et ne ressemblant à aucune autre : elle est la fille du Comte, destinée, si elle épouse Rodrigue, à lui donner des enfants. Les femmes ne sont à ses yeux que des génitrices, de futures mères et, comme telles, elles sont interchangeables : « Nous n'avons qu'un honneur, il est tant de maîtresses ! » (v. 1058), s'exclame-t-il. Aussi est-ce en toute cruelle bonne foi que don Diègue, après la mort du Comte, pousse Rodrigue à oublier Chimène et à aimer tôt ou tard une autre femme (v. 1057 à 1060). Sa misogynie ne s'explique pas seulement par sa rudesse guerrière : elle provient, pour l'essentiel, de l'incapacité profonde de don Diègue à concevoir la nature même du sentiment amoureux : le choix libre d'un être irremplaçable. Incapable d'une telle compréhension et d'une telle sensibilité, il méconnaît le drame intérieur de Rodrigue.

À la suggestion de son père de se tourner vers une autre femme, Rodrigue répond par une véhémente protestation :

> L'infamie est pareille, et suit également
> Le guerrier sans courage et le perfide amant.
>
> (v. 1063-1064).

Rodrigue et Chimène : un échange de liberté

Contrairement à don Diègue, Rodrigue érige l'amour en une valeur aussi essentielle que l'honneur. Ce faisant, il accède à une liberté intérieure toute personnelle. En aimant Chimène, Rodrigue manifeste en effet son autonomie vis-à-vis du clan auquel il appartient. Nul ne lui a ordonné d'aimer Chimène ; c'est librement, de tout son être propre et en vertu d'une sensibilité qui est la sienne exclusivement, qu'il l'a choisie. En refusant d'oublier Chimène, Rodrigue cesse de se comporter en membre de son clan. L'honneur, qui est la loi de sa race, lui imposait de tuer le Comte, non de continuer à aimer Chimène. En l'aimant toujours, il agit de son propre gré, il pose un acte qui lui est personnel. C'est en ce sens que l'amour permet à Rodrigue d'accéder à la liberté. Ses retrouvailles avec son père, après la mort du Comte, constituent d'ailleurs une sorte d'adieu :

> Ne me dites plus rien ; pour vous j'ai tout perdu ;
> Ce que je vous devais, je vous l'ai bien rendu.
>
> (v. 1051-1052).

Vivant sur des valeurs désormais opposées, le père et le fils ne sont plus capables de se comprendre. Par l'amour, Rodrigue s'émancipe.

Il en va de même de Chimène sur qui pèsent les mêmes contraintes. L'obligation où elle se trouve de venger son père mort devrait, si elle réagissait uniquement en fille du clan auquel elle appartient, lui faire oublier Rodrigue. En « adorant » l'assassin de son père, elle s'érige en personne autonome. Chimène ne se définit pas exclusivement par rapport à sa naissance : si elle est la fille du Comte, elle est aussi Chimène, une personne douée d'une liberté de décision.

Si la passion fait accéder chacun des deux « amants » à l'existence personnelle, l'amour leur permet également de bâtir leur liberté l'un par l'autre. Contrairement en effet à don Diègue qui ne voit en Chimène que la fille du Comte, c'est dans et par le regard de Rodrigue que Chimène est une jeune fille unique, irremplaçable ; de même, c'est dans et par les yeux de Chimène que Rodrigue devient un homme unique.

Cette haute conception de l'amour ne résout pourtant rien, car, si les deux personnages s'aiment, le code aristocratique de l'honneur, qui contraint à venger une mort par une autre, les empêche de se marier. Le salut viendra du roi, de l'intervention de la politique dans le drame intime de Chimène et de Rodrigue.

L'héroïsme

Avec *Le Cid* apparaissent pour la première fois chez Corneille les notions de héros et d'héroïsme qui demeureront par la suite au centre de sa réflexion. Ces notions sont donc capitales tant pour la compréhension du *Cid* lui-même que de tout le théâtre du dramaturge. Aussi convient-il de s'interroger sur l'héroïsme cornélien et ses principales caractéristiques.

QU'EST-CE QUE L'HÉROÏSME CORNÉLIEN ?

Un emploi particulier du vocabulaire

Les mots de « héros » et d'« héroïsme » possèdent des sens si divers qu'il importe d'emblée de les préciser. Dans un premier sens, on entend traditionnellement par « héros » le personnage principal d'un livre (ou d'un film). Dans un second sens, on qualifie de « héros » toute personne qui a une conduite moralement ou physiquement courageuse, pendant une guerre par exemple.

Chez Corneille, le personnage héroïque ne s'identifie pas obligatoirement avec la figure centrale de ses pièces : ainsi, dans *Cinna* (1642), le véritable héros est l'empereur Auguste, non le personnage de Cinna qui donne pourtant son nom à la tragédie. Le statut de personnage éponyme[1]

---

1. On appelle personnage éponyme le personnage qui donne son nom à une œuvre.

ne suffit pas chez Corneille à élever au rang de héros ; ce n'est pas parce que son surnom de « Cid » sert de titre à la pièce que Rodrigue est un héros. L'héroïsme cornélien ne se réduit pas davantage à la bravoure militaire qui, si elle est nécessaire (du moins en ce qui concerne les hommes), n'en est jamais la condition suffisante. Brave, don Diègue le fut, et le Comte l'est resté jusqu'à sa mort. Aucun des deux n'est cependant un héros au sens cornélien du terme. Il convient donc de distinguer les sens traditionnels du mot « héros » de la signification particulière que lui donne Corneille.

Les conditions préalables à l'héroïsme

L'héroïsme cornélien suppose d'abord un certain nombre de prédispositions. N'est pas héros qui veut : seuls les nobles peuvent aspirer à le devenir. La condition, entre toutes indispensable, est en effet d'être « généreux », au sens premier du mot, dérivé du latin. « Généreux » provient du latin *genus* qui signifie la « race » ; et celui qui est « généreux » est le descendant d'une famille noble. Quand le roi don Fernand accueille le vainqueur des Maures par ces mots :

> *Généreux* héritier d'une illustre famille (v. 1209),

il ne veut pas dire que Rodrigue est bon ou charitable (sens moderne de « généreux »), mais qu'il est de race noble. L'héroïsme cornélien est avant tout le privilège de l'aristocratie. Par suite, la « générosité » désigne l'aptitude à agir d'un noble pour défendre son sang, son rang, son honneur. À ce titre, Chimène et Rodrigue sont tous deux des « généreux ».

La seconde condition découle de la première : il faut posséder de la « vertu », au sens très particulier où, là encore, Corneille utilise ce terme. Provenant du mot latin *vir* (c'est-à-dire l'homme, le mâle), la « vertu » désigne l'énergie physique puis morale dont un noble est capable. Corneille et, avec lui, tout le XVIIe siècle pensaient qu'une haute naissance prédisposait naturellement au courage. C'est à cette théorie que se réfère implicitement Rodrigue quand, défiant le Comte, il prononce ces superbes paroles :

[...] aux âmes bien nées
La valeur n'attend point le nombre des années.

(v. 405-406).

La « vertu » qualifie ainsi d'abord le courage physique. Lorsque Rodrigue, s'adressant au Comte, s'indigne que ce dernier ait osé déshonorer un homme aussi exceptionnel que don Diègue, il lui dit :

Sais-tu que ce vieillard fut la même vertu[1],
La vaillance et l'honneur de son temps ? Le sais-tu ?

(v. 399-400).

Rodrigue entend par « vertu » le courage physique dont son père a jadis fait preuve sur les champs de bataille. Le mot désigne ensuite un ensemble de qualités morales dont peuvent témoigner aussi bien les hommes que les femmes : il s'agit alors de l'énergie que met un individu pour remplir ce qu'il croit être son devoir. L'Infante est « vertueuse » non parce qu'elle est une princesse chaste (ce qu'elle est aussi, évidemment), mais parce qu'elle combat sa passion de toutes ses forces.

L'héroïsme, une aventure spirituelle

Ces deux critères de « générosité » et de « vertu », s'ils sont nécessaires, sont toutefois loin d'être suffisants. Dans le théâtre de Corneille, tous les nobles ne deviennent pas des héros. Il y faut une volonté forte, tendue vers un objectif qui apparaîtra à la fin de l'action (mais seulement à la fin de l'action) comme un objectif louable.

L'héroïsme cornélien est une aventure morale et spirituelle qui vise à atteindre la plénitude de soi, c'est-à-dire à dépasser toutes les contradictions qui peuvent exister pour réaliser la synthèse de tous les aspects de sa personnalité. Aussi cet héroïsme est-il un cheminement douloureux qui n'exclut ni la souffrance ni les déchirements. Il est l'illustration, portée à son plus haut point, de ce qu'un homme (ou une femme) peut faire, dans un contexte historique donné.

---

1. « La même vertu », c'est-à-dire la « vertu même ».

LES CARACTÉRISTIQUES DE L'HÉROÏSME CORNÉLIEN

Dans *Le Cid*, comme souvent dans le reste du théâtre de Corneille, les hommes et les femmes ne parviennent pas par les mêmes chemins à l'héroïsme. Mais celui-ci suppose toujours un effort sur soi-même ; et il est toujours novateur, salvateur. Il est une conquête de la plénitude de soi.

Un effort sur soi-même

L'exemple de Rodrigue montre que l'héroïsme est sacrificiel.

Rodrigue prend en effet le risque de sacrifier son mariage à l'honneur de sa famille ; par amour, il souhaite en outre sacrifier sa vie, en offrant sa tête à Chimène et en envisageant de se laisser tuer par don Sanche ; pour sauver la Castille, il prend enfin le risque de sacrifier sa vie et son amour. Le héros cornélien ne recule ni devant ses obligations ni devant sa propre immolation.

Il en va de même pour Chimène. Ne pas venger la mort de son père équivaudrait pour elle à dégénérer et à renier sa race ; oublier sa passion pour Rodrigue serait à l'inverse nier sa nature, renoncer à ce qui fonde sa liberté[1]. D'emblée, le drame la place donc dans une contradiction absolue (v. 811 à 814). Dans cette situation, sa grandeur et son héroïsme consistent à ne pouvoir choisir entre ses devoirs de fille et d'« amante » :

> Et je veux que la voix de la plus noire envie
> Élève au ciel ma gloire et plaigne mes ennuis,
> Sachant que je t'adore et que je te poursuis.
>
> (v. 970 à 972),

dit-elle à Rodrigue. Si elle le « poursuit » en justice, ce n'est qu'au prix d'un douloureux effort sur elle-même (v. 822 à 824).

Dans le théâtre de Corneille, on ne naît pas héros, on le devient. Et c'est toujours douloureusement.

---

1. Voir p. 38.

Une démarche novatrice

Par là même, le comportement des deux jeunes gens est novateur.

En plaçant sur le même plan d'égalité et d'importance l'honneur et l'amour, Rodrigue introduit dans la société aristocratique traditionnelle (telle que l'incarnent don Diègue et le Comte) une dimension nouvelle qui lui était jusque-là étrangère. Le conflit de génération entre les pères et les enfants[1] bouleverse l'ancien code féodal qui accordait la priorité absolue à l'honneur. En manifestant un total respect envers le roi, Rodrigue rompt par ailleurs avec la jalousie et les dangereuses velléités d'indépendance vis-à-vis du monarque que manifestaient les grands du royaume et dont le Comte était le représentant le plus farouche. S'il le remplace à la tête des armées de Castille, Rodrigue ne sera jamais un second don Gomès. Pour Rodrigue en effet, un général doit obéissance à son souverain (v. 1233 à 1236). Le temps des nobles prompts à la révolte est passé. Sacrificiel, l'héroïsme de Rodrigue est donc novateur.

Une démarche salvatrice

Il est encore salvateur. Rodrigue se dévoue pour la collectivité nationale qu'il sauve par sa victoire sur les Maures d'une domination ennemie. Chez Corneille, l'idée de héros implique toujours des exploits qui aboutissent à la libération d'un groupe soumis à une menace de servitude.

La conquête de la plénitude de soi

Grâce à sa victoire sur l'ennemi et à la clémence royale, Rodrigue synthétise enfin ses aspirations et les contraintes initialement contradictoires qui pesaient sur lui. Pour avoir risqué de tout perdre, il gagne sur tous les plans. Au terme de la pièce, son mariage avec Chimène redevient possible. Le fils n'a pas renié

---

1. Sur le conflit de génération, voir pp. 38-39

l'« amant » et l'« amant » n'a pas renié le sujet. Rodrigue atteint à la plénitude exemplaire de soi.

Chimène, de son côté, se trouve dans une situation légèrement différente. Elle ne peut avouer officiellement qu'elle continue d'aimer Rodrigue que sous la pression des événements, le plus tard possible, quand les autres (c'est-à-dire la société) la délieront de son devoir. C'est pourquoi il convient de suivre de très près la chronologie des événements de la fin de l'acte IV. L'héroïsme le plus haut dicte la décision de Chimène d'en appeler à un « duel à tous venants » :

> À tous vos cavaliers je demande sa tête...
> J'épouse le vainqueur, *si Rodrigue est puni.*
>
> (v. 1401 et 1404).

C'est sacrifier sa passion à l'honneur de sa maison.

En ordonnant qu'elle épouse le vainqueur de ce duel, quel qu'il soit (ce peut donc être Rodrigue), don Fernand dénature l'offre généreuse de don Sanche qui s'offre aussitôt à combattre pour Chimène. L'ordre royal devient une atteinte à la liberté de la jeune fille. Chimène pouvait accepter d'épouser, par devoir, l'assassin de Rodrigue. Ce sacrifice de sa personne à une cause supérieure avait quelque chose de glorieux, d'héroïque. Se voir ravalée par don Fernand au niveau d'un simple enjeu est en revanche dégradant. C'est pourquoi Chimène supplie Rodrigue :

> Défends-toi maintenant pour m'ôter à don Sanche ;
> Combats pour m'affranchir d'une condition
> Qui me donne à l'objet de mon aversion.
>
> (v. 1550 à 1552).

La méprise de l'acte V, qui lui fait croire que don Sanche est le vainqueur du duel, contraint Chimène à faire publiquement éclater sa passion. Les autres comprennent dès lors quel effort elle faisait sur elle-même. Tous considèrent qu'avoir poussé aussi loin l'obéissance au devoir équivaut à avoir accompli son devoir (même si, dans les faits, Chimène n'obtient pas la tête de Rodrigue). Don Diègue, l'Infante, le roi déclarent que, par cet effort sur soi, l'honneur de Chimène est sauf et que son amour est redevenu légitime aux yeux de la société. Elle a retrouvé son unité intérieure.

8 La politique dans *Le Cid*

Avant d'examiner les thèmes politiques que contient *Le Cid*, il convient tout de suite de préciser que Corneille a pris de grandes libertés avec l'histoire réelle de la Castille (voir la carte, p. 10). Il serait donc vain de vouloir rapprocher la situation politique décrite dans *Le Cid* de tel ou tel événement de la vie espagnole. En revanche, bien que l'action de la pièce se déroule au XIe siècle hors de France, les préoccupations qui s'y manifestent renvoient à celles de la France du XVIIe siècle. On étudiera ce jeu d'échos et de similitudes après avoir analysé les thèmes du *Cid*.

Les données initiales sont simples : la Castille (telle que l'imagine et la présente Corneille) est une monarchie avec à sa tête un souverain, don Fernand, qui la gouverne. Mais, dans *Le Cid*, l'instauration de cette monarchie est récente. Don Fernand en est en effet le « premier roi »[1]. Avant lui, il n'y avait donc ni roi ni royaume de Castille. On peut supposer que de grands féodaux, à l'image du Comte ou de don Diègue, en administraient une partie chacun selon son gré et ses intérêts. Don Fernand se trouve donc dans une position délicate. Il règne certes, mais son autorité reste mal acceptée ; si la Castille est un royaume, elle n'a pas encore réalisé son unité nationale.

Or la mort du Comte et ses dramatiques conséquences offrent à don Fernand l'occasion inespérée de s'imposer à tous et de soumettre chacun à des lois collectives identiques. En ce sens on peut parler de construction de l'État. Celle-ci passe par une quadruple évolution : par

---

1. Indication donnée par Corneille dans la liste des personnages et des fonctions qu'ils occupent. Toutefois, Corneille ne précise pas depuis quand cette monarchie existe.

l'émergence d'une nouvelle morale politique, par l'apparition d'une justice d'État, par l'organisation d'une défense nationale et par l'affirmation de la primauté du roi.

UNE NOUVELLE MORALE POLITIQUE

Une autorité royale contestée

Souvent, dans la pièce, l'autorité de don Fernand est malmenée. Par le Comte d'abord : en souffletant don Diègue, don Gomès humilie certes son rival, mais il offense aussi son monarque dans la mesure où il s'en prend à un homme qui a la confiance du roi puisqu'il vient d'être nommé « gouverneur » du prince (v. 563-564). Le crime de lèse-majesté[1] du Comte est d'autant plus condamnable que sa prétention à devenir « gouverneur » du prince ne se justifie ni juridiquement ni politiquement. Un sujet, quel que soit son mérite, ne peut contraindre un souverain à le récompenser ; ce serait empiéter sur la liberté de décision du roi. La menace d'une révolte armée, que brandit le Comte au cas où il serait sanctionné pour s'être battu en duel avec Rodrigue[2], fait planer sur la Castille l'ombre d'une crise de régime et le danger d'une guerre civile.

Le Comte n'est pas toutefois le seul à désobéir au roi. En effet, en dépit de sa déférence (v. 163-164), don Diègue conteste les décisions royales dès qu'elles ne l'avantagent pas. Il proteste contre la décision de don Fernand de dispenser Rodrigue du duel judiciaire que réclame Chimène (v. 1415 à 1421) : cette dispense, juge-t-il, ternirait la gloire de Rodrigue et, en ne combattant pas, celui-ci pourrait être soupçonné de lâcheté. Enfin, Rodrigue lui-même n'ignore pas qu'en tuant le Comte, il a commis un crime et qu'il est passible de la justice royale. Aussi fuit-il la cour où il « hasarde [sa] tête » (v. 1250).

1. Un crime de lèse-majesté est une atteinte, physique ou morale, à la personne ou à l'autorité du roi.
2. Pour plus de détails sur le comportement du Comte, voir p. 18.

L'évolution du sens de l'honneur

Pourtant aucun de ces trois personnages ne désobéit au roi par goût de l'indiscipline, ou pour renverser don Fernand. Leur désobéissance s'explique par leur conception personnelle de l'honneur, qu'ils considèrent comme une affaire de famille. Ce qui se rapporte à la race ne concerne que les membres de cette race. Deux morales s'affrontent ainsi dans *Le Cid* : la première privilégie le clan au détriment de l'État ; la seconde veut soumettre le clan à l'État. La pièce marque le passage de l'une à l'autre.

Tout l'effort de don Fernand consiste à établir que l'honneur aristocratique n'est pas incompatible avec l'obéissance du sujet et que le roi a droit de regard sur la défense de la race. Contre le Comte qui affirme que l'on ne saurait le contraindre à vivre sans honneur (v. 395-396), le roi soutient qu'à « obéir » on « ne peut perdre sa gloire » (v. 602). À Chimène, il déclare :

> Ta gloire est dégagée et ton honneur est quitte ;
> Ton père est satisfait, et c'était le venger
> Que mettre tant de fois ton Rodrigue en danger.
>
> (v. 1766 à 1768).

L'honneur cesse d'être une affaire de famille entre aristocrates pour relever de la compétence du roi. De la révolte du Comte à la soumission de Rodrigue, l'évolution est évidente. Rodrigue montre qu'un noble peut désormais concilier honneur et obéissance. Il est devenu un sujet loyal et fidèle, alors que le Comte était un féodal contestataire.

L'APPARITION DE LA JUSTICE D'ÉTAT

Le Cid consacre également la naissance du droit. La notion même de vengeance s'oppose à celle de droit ; elle relève d'une justice privée qui n'est pas une véritable justice. En effet, elle réunit dans une seule et même personne les fonctions de juge et de bourreau. Quand don Diègue somme son fils de le venger, c'est-à-dire de tuer le Comte, il agit à la fois en victime qui évalue son préjudice (le déshonneur), en juge qui prononce une sentence (la mort) et en bourreau (il délègue son fils à l'exécution de la sentence). Cette confusion des rôles est contraire à la pratique normale du droit et de la justice. En demandant l'intervention de don Fernand, Chimène érige le roi en juge impartial, étranger au drame, qui s'efforce d'établir les responsabilités de chacun :

> Quand on rend la justice, on met tout en balance :
> On a tué ton père, il était l'agresseur.
>
> (v. 1386-1387).

La justice d'État l'emporte désormais sur la justice privée. *Le Cid* enregistre la fin de la loi de l'instinct à laquelle obéissait la société aristocratique traditionnelle (représentée par le Comte et don Diègue) pour la remplacer par la justice publique :

> Au sang de ses sujets un roi doit la justice. (v. 653).

Un nouvel ordre judiciaire se met en place, dont le roi est désormais la clé de voûte. Le cycle de la vengeance privée, de la vendetta, s'achève.

L'ORGANISATION D'UNE DÉFENSE NATIONALE

Sans cesse attaqué par les Maures (v. 613 à 616), le royaume de Castille lutte depuis sa création pour son indépendance. Don Diègue hier, le Comte jusqu'à sa mort l'ont préservé par leur vaillance de toute domination étrangère. Cette défense a toutefois longtemps été le privilège de l'initiative privée, d'armées que les généraux levaient pour leur propre compte et commandaient à leur guise. La réaction de don Diègue à l'annonce de l'arrivée de l'ennemi est à cet égard révélatrice. Don Diègue ne se soucie pas d'en informer le roi, ni de se mettre à sa disposition. Il nomme de son propre chef Rodrigue général de la troupe d'« amis » spontanément venus lui offrir leurs services (v. 1085-1086). C'est sa décision personnelle d'enrôler ses « amis » et de les envoyer immédiatement combattre les Maures qui sauve la Castille. La bataille se livre sans l'ordre du roi. Tout change à la fin du *Cid* ; c'est maintenant le roi qui donne ses ordres à Rodrigue :

> Va jusqu'en leur pays leur reporter la guerre,
> Commander *mon* armée, et ravager leur terre.
>
> (v. 1825-1826).

À la troupe d'« amis » se substitue une armée régulière ; Rodrigue détient désormais son autorité d'un ordre exprès du roi. La Castille qui ne possédait jusque-là que des combattants se dote d'une institution militaire officielle. Sous la direction du roi s'ouvre un nouveau chapitre de son histoire.

LA PRIMAUTÉ DU ROI

Cette triple évolution morale, judiciaire et militaire s'accompagne enfin d'une mutation idéologique. Pour bien la mesurer, il suffit de comparer ces propos du Comte :

> Pour grands que soient les rois, ils sont ce que nous [sommes :
> Ils peuvent se tromper comme les autres hommes.
>
> (v. 157-158),

à la véritable leçon de philosophie politique que don Fernand donne à don Sanche :

> Un roi dont la prudence a de meilleurs objets
> Est meilleur ménager du sang de ses sujets :
> Je veille pour les miens, mes soucis les conservent,
> Comme le chef a soin des membres qui le servent.
> Ainsi votre raison n'est pas raison pour moi :
> Vous parlez en soldat, je dois agir en roi.
>
> (v. 595-600).

Le Comte se jugeait l'égal du roi. Don Fernand refuse de reconnaître cette égalité et justifie sa prééminence sur tous les grands du royaume. L'image du « chef » (v. 598), c'est-à-dire de la tête, le souligne. Les sujets forment un immense corps (dont ils sont les « membres », v. 598), à qui la tête (le roi) confère impulsion et vie. Le souverain s'affirme également comme le protecteur plein de sagesse du pays ; seul l'intérêt de l'État l'anime et commande ses décisions. Une définition nouvelle du chef d'État s'élabore. Ce fut celle du roi sous l'Ancien Régime[1] français. Il n'est pas enfin indifférent que le dernier mot de la pièce soit le mot « roi » :

> Laisse faire le temps, ta vaillance et ton Roi.
> (v. 1840).

Don Fernand a pris l'initiative et la conserve. Le drame qui a opposé les deux plus grandes familles de son royaume et qui risquait d'être lourd de menaces pour la paix civile, tourne en définitive à son avantage. *Le Cid* s'ouvrait dans un climat féodal, tout empreint encore des velléités d'indépendance des nobles ; il s'achève dans une atmosphère monarchique, où tout désormais procède d'un roi à l'autorité maintenant incontestée.

LA POLITIQUE DANS « LE CID » ET LA SITUATION DE LA FRANCE EN 1637

Bien que *Le Cid* soit une histoire espagnole datant du XIe siècle, il n'en répondait pas moins aux préoccupations de la France du XVIIe siècle. Il en allait du *Cid* comme de toute tragédie classique : de constantes allusions à l'actualité le traversent, et un spectateur averti pouvait aisément les déceler. Georges Couton a montré, à cet égard, ce que la pièce contenait d'échos de cette époque[2].

Une première série d'allusions à l'actualité de 1637 réside dans le climat militaire où baigne *Le Cid*. Comme la Castille, la France était en guerre depuis 1635 contre l'Espagne et l'Empire austro-hongrois ; et comme la Castille, la France était menacée. À l'Est, les Autrichiens tenaient la ville de Dôle ; les Espagnols, qui gouvernaient aussi les Pays-Bas, avaient attaqué à la fois au sud où ils avaient enlevé la ville de Saint-Jean-de-Luz, et au nord où la frontière avait cédé. La ville de Corbie, qui garde

1. Le terme d'« Ancien Régime » désigne la monarchie française depuis sa naissance sous les rois mérovingiens jusqu'à sa chute, à la Révolution de 1789.
2. Georges Couton, *Réalisme de Corneille*, Les Belles Lettres, 1953.

le passage de la Somme, était tombée le 15 août 1636, provoquant l'exode des populations. Les ponts de l'Oise avaient été coupés ; et on craignit que l'ennemi ne marchât sur Paris. À Paris, comme à Séville dans *Le Cid*, « la cour est en désordre, et le peuple en alarmes » (v. 1077). Une même peur plane sur les deux capitales. Quelques semaines plus tard, une contre-offensive française avait rétabli la situation. Corbie était reprise le 14 novembre 1636 et les Autrichiens étaient stoppés sur les rives de la Saône. Paris pouvait respirer, comme Séville après que Rodrigue eut repoussé l'attaque des Maures. Les spectateurs de 1637 retrouvaient ainsi dans *Le Cid* l'écho de leurs craintes et de leur soulagement.

Les duels constituent un second réseau d'allusions à l'actualité, et plus particulièrement, à la mentalité nobiliaire française. Ces « rencontres » qui voyaient des nobles s'affronter à l'épée étaient alors fréquentes. Dans les dix dernières années du règne d'Henri IV, entre 1600 et 1610, quatre mille gentilshommes environ avaient ainsi péri. Aussi, secondé par l'Église qui rappelait le cinquième commandement[1] : « Tu ne tueras point », le pouvoir tentait-il d'empêcher les duels par tous les moyens. En 1626 et en 1634, Richelieu avait promulgué deux édits (lois) les interdisant et qu'il faisait appliquer avec rigueur. La condamnation du Comte par don Fernand, le refus royal d'autoriser le duel initialement réclamé par Chimène rejoignaient les efforts de Richelieu. Comme celui-ci, don Fernand avance contre le duel les mêmes raisons morales et politiques :

> Cette vieille coutume en ces lieux établie,
> Sous couleur de punir un injuste attentat,
> Des meilleurs combattants affaiblit un État.
> Souvent de cet abus le succès déplorable
> Opprime l'innocent et soutient le coupable.
>
> (v.1406-1410).

À travers *Le Cid*, Corneille soutenait la politique de Richelieu.

---

1. Selon la Bible, Dieu donna à Moïse, son prophète, sur le mont Sinaï, la table des dix commandements (appelée pour cette raison le « décalogue ») ; le cinquième commandement interdit de tuer.

Le personnage même de Rodrigue prenait enfin une signification particulière dans le contexte de 1637. De nombreuses grandes familles, victimes de la politique répressive que menait Richelieu pour les réduire à l'obéissance, pouvaient éprouver la tentation de se comporter comme le comte don Gomès, et adopter une attitude d'indépendance à l'égard du pouvoir. Une telle menace intérieure était aussi inacceptable en France, alors en guerre contre l'Espagne, qu'en Castille que les Maures attaquaient. L'héroïsme de Rodrigue incitait les nobles français à faire taire leurs querelles et à comprendre qu'ils ne perdaient pas leur honneur à obéir au roi, que la survie de l'État devait l'emporter sur toute autre considération. Histoire d'amour, *Le Cid* était aussi un appel à l'entente nationale.

9 La dramaturgie

On appelle dramaturgie l'ensemble des procédés qu'utilise un auteur pour construire une pièce de théâtre. Au XVIIe siècle, ces procédés étaient qualifiés de « règles » ; et de nombreux théoriciens du théâtre (tels que Boileau dans son *Art poétique*) rappelaient sans cesse ces « règles » auxquelles la tragédie devait se plier et qui, pour l'essentiel, remontaient à la *Poétique* d'Aristote[1]. Comme leur nombre interdit de les détailler toutes, on se limitera à l'examen des plus importantes : celles qui concernent les unités de temps, de lieu, d'action. On pourra de la sorte, après les avoir étudiées, se demander si *Le Cid* est une pièce vraiment classique.

Pour bien comprendre la portée et la fonction de ces règles, il importe toutefois de préciser, au préalable, ce qui les justifiait et à quoi elles servaient.

LA DOCTRINE DE L'IMITATION

Il convient de ne pas considérer ces règles comme l'expression d'une bizarrerie de l'époque. Elles découlaient logiquement de l'idée qu'on se faisait de la tragédie, alors conçue comme l'« imitation d'une action ». Autrement dit, la tragédie devait être vraisemblable et offrir au spectateur l'illusion qu'il n'assistait pas à la représentation d'une œuvre de fiction, mais au déroulement sur scène d'une action que l'autorité de la légende ou de

---

1. Ce philosophe grec avait exposé dans sa *Poétique* les principales lois de la tragédie, telle qu'elle existait à son époque, au quatrième siècle avant notre ère. Comme le XVIIe siècle tenait la tragédie grecque pour un modèle presque inégalable, les dramaturges français respectaient les régles édictées par Aristote.

l'histoire prétendait véridique. Les règles avaient donc pour but de faire naître un certain plaisir : celui de se croire le témoin privilégié d'une aventure authentique et tragique. Si leur respect ne procura jamais du génie aux écrivains, les grands dramaturges[1], à l'exemple de Corneille, surent les utiliser (avec plus ou moins de liberté) pour donner plus de force et de pathétique à leurs œuvres.

LE TEMPS

En conséquence de cette théorie de l'imitation, les dramaturges s'efforçaient de rapprocher les deux temps inhérents à toute représentation : la durée objective du spectacle (trois heures environ pour une tragédie) et la durée supposée de l'action. Idéalement, ces deux durées auraient dû coïncider. Mais comme c'était rarement réalisable, on avait fini par admettre que la longueur de l'action représentée ne devait pas excéder vingt-quatre heures. Au-delà, pensait-on, se produisait entre temps réel et temps fictif de la représentation un trop grand décalage, préjudiciable à la vraisemblance (le spectateur ne pouvant croire qu'en trois heures de spectacle on lui présente des événements censés se dérouler sur deux ou plusieurs jours). L'unité de temps apparaissait comme nécessaire à la crédibilité de l'œuvre jouée et, donc, à l'intérêt qu'elle devait susciter.

Force est de reconnaître que *Le Cid* ne respecte pas scrupuleusement l'unité de temps. L'action se déroule sur deux jours, puisque la première entrevue de Chimène et de Rodrigue a lieu au crépuscule (v. 975) et qu'à l'acte IV, scène 3, Rodrigue relate son combat de toute une nuit contre les Maures.

Selon toute apparence, l'action (la querelle des pères et le meurtre du Comte) débute dans la matinée d'une journée A et le dénouement intervient le lendemain au mieux vers midi, plus probablement dans l'après-midi de

---

1. Un dramaturge est un auteur de pièces de théâtre, qu'il s'agisse de comédies ou de tragédies.

la journée B. Que d'événements toutefois se produisent dans cet intervalle de temps ! Même si l'on place très tôt dans la matinée de la journée A le « conseil » qui décide du choix du précepteur du prince (v. 39), il est difficile d'admettre que la scène du soufflet, le duel de Rodrigue contre le Comte, le procès intenté par Chimène, le combat contre les Maures (à plusieurs dizaines de kilomètres de Séville puisque Rodrigue se bat sur les côtes, à l'embouchure du fleuve (v. 1259-1264), le retour de Rodrigue dans la capitale et le duel judiciaire avec don Sanche puissent se produire en vingt-quatre heures. On ne peut le croire même avec la meilleure volonté du monde. L'action du *Cid* suppose au moins une bonne trentaine d'heures.

Corneille à l'évidence a été gêné par la règle de l'unité de temps. Il le reconnaîtra d'ailleurs lui-même dans *L'Examen* du *Cid* qu'il rédigera en 1660[1] : « Je ne puis dénier que la règle des vingt et quatre heures presse trop les incidents (les événements) de cette pièce. »

LE LIEU

L'unité de lieu procède également de la théorie de l'imitation et elle est une conséquence de l'unité de temps. La tragédie ne devait pas comporter de changements de lieu plus importants que les moyens de communication de l'époque ne permettaient d'en effectuer en un jour. En pratique, les déplacements devaient se limiter au cadre du palais (ou d'une ville) et de ses abords. Cette unité de lieu est en gros respectée dans *Le Cid* puisque tout s'y passe à Séville ; mais elle ne l'est guère dans le détail, puisqu'à l'intérieur de ce lieu général (Séville), il faut nécessairement imaginer plusieurs lieux particuliers.

Ces lieux particuliers sont au nombre de six (ou de sept ?). Ils se décomposent de la manière suivante :

---

1. En 1660, Corneille publie une édition complète de ses œuvres. Il fait précéder chacune de ces pièces d'un « examen », d'une sorte de préface où il analyse (examine) et explique la manière dont il a appliqué les règles.

– la maison de Chimène pour les scènes I, 1 ; II, 1 ; III, 1 à 4 ; IV, 1 et 2 ; V, 1, 4 à 7 ;
– l'appartement de l'Infante pour les scènes I, 2 ; II, 3 à 5 ; V, 2 et 3 ;
– la place devant le palais où se produit la querelle de don Diègue et du Comte (I, 3) ;
– la maison de don Diègue pour les scènes I, 4 à 6 ;
– la « salle du trône », dans le palais où se tient le roi pour les scènes II, 6 à 8 ; IV, 3 à 5 ;
– une rue discrète où Rodrigue affronte le Comte en duel (II, 2) ;
– une autre rue (ou la même) où, après la mort du Comte, don Diègue cherche et retrouve son fils (III, 5 et 6).

En fait, *Le Cid* se plie en apparence à l'unité de lieu. Il en respecte la lettre mais non l'esprit qui voulait que le lieu où se déroule la tragédie fût une sorte de huis clos, propice à l'exacerbation des passions.

L'ACTION

L'unité d'action imposait que l'intérêt fût centré sur une seule intrigue. Ce qui ne signifie pas l'absence totale d'intrigue secondaire. « Ce qu'il fallait, c'est que les divers fils que pouvait comporter une intrigue fussent tissés de telle sorte que tout acte ou parole de l'un des personnages réagît sur le destin de tous les autres, et que chaque détail se subordonnât à l'action principale[1]. »

Tel est le cas dans *Le Cid*, aussi riche en rebondissements soit-il : la passion de Chimène et de Rodrigue constitue l'intrigue principale ; l'amour de l'Infante pour Rodrigue et le combat contre les Maures en forment les intrigues secondaires. Entre l'intrigue principale et les intrigues secondaires se nouent toutefois d'étroits rapports. C'est en effet l'Infante qui, pour mieux vaincre son amour, a favorisé le rapprochement de Rodrigue et de Chimène (v. 101 à 104). C'est elle encore qui s'efforce d'empêcher le duel prévisible entre Rodrigue et le Comte

1. J. Truchet, *La Tragédie classique en France*, P.U.F., 1975, p. 32.

(v. 493 à 498). C'est elle enfin qui engage Chimène à renoncer à sa vengeance (v. 1197 à 1204). Son désespoir s'approfondit par ailleurs à mesure que se manifestent au grand jour le courage de Rodrigue et sa passion pour Chimène. En tant que princesse, l'Infante se sert de l'influence et de l'autorité que lui confère sa naissance pour tenter de réconcilier les deux « amants ». En tant que femme, elle réagit en fonction des événements qui semblent tour à tour éloigner et lier Chimène et Rodrigue. Le rôle et l'évolution psychologique de l'Infante sont donc bien dépendants de l'intrigue principale.

Quant à l'arrivée des Maures, annoncée dès l'acte II (v. 607 à 609), elle permet à Rodrigue non seulement de s'affirmer comme un chef militaire, mais encore de s'élever du rang d'assassin (du Comte) à celui de héros national. Sa victoire a des conséquences directes sur son drame personnel. Le roi, qui ne peut désormais se passer de ses services, n'« écoute plus » Chimène « que pour la consoler » (v. 1256). L'intérêt de l'État oblige don Fernand à pardonner à Rodrigue et à faciliter son mariage avec Chimène. Toutes les péripéties de la pièce influent en définitive sur le sort des deux jeunes gens ; tous les autres personnages cherchent en fonction de leurs intérêts à le favoriser ou à l'entraver.

« LE CID » EST-IL UNE PIÈCE CLASSIQUE ?

La question de savoir si *Le Cid* est une pièce classique appelle une réponse nuancée, tant l'œuvre occupe une place particulière dans l'histoire du théâtre et tant Corneille a lui-même compliqué le problème. Car si, d'un côté, *Le Cid* n'est pas classique, d'un autre côté il évolue, par certains de ses aspects, vers le classicisme.

« Le Cid » n'est pas classique

Ce serait une erreur de conclure que *Le Cid*, sous prétexte qu'il appartient au siècle du classicisme, est automatiquement une tragédie classique. Est jugée classique toute pièce se pliant aux règles de la dramaturgie du même nom. Or leur examen a montré quelles libertés Corneille prenait à leur égard. *Le Cid* ne respecte pas scrupuleusement les unités de temps et de lieu ; et malgré les précautions dont Corneille s'est entouré, les bienséances (c'est-à-dire la manière de présenter les événements et les sentiments de telle façon que les spectateurs ne soient pas choqués) y souffrent quelque peu. Observées globalement, elles ne le sont pas toujours dans le détail. L'exemple le plus significatif est celui de l'épée (du « fer ») que Rodrigue reçoit des mains de don Diègue (v. 257 à 260), qu'il conserve durant son monologue (v. 318 à 320), avec laquelle il tue le Comte et qu'il présente, quelques heures après, à Chimène pour qu'elle le tue (III, 4). Comme Chimène défaille à la vue de cette épée « du sang de [son] père encor toute trempée » (v. 858), Rodrigue lui demande de la plonger dans son propre sang pour effacer la « teinture » de celui de son père (v. 863-864) ! La scène est d'une cruauté évidente, d'un goût douteux, en contradiction formelle avec les bienséances. Au regard des exigences du classicisme et de ses principales règles, *Le Cid* ne peut donc être considéré comme une pièce vraiment classique.

Mais « Le Cid » marque une étape importante sur le chemin du classicisme

Historiquement, *Le Cid* fut créé en 1637. Or, à cette date, les règles classiques ne régnaient pas encore sans partage sur le théâtre. Formulées dans la décennie 1620-1630, elles mirent longtemps à s'imposer aux dramaturges et elles ne triomphèrent vraiment qu'après 1640. On ne peut en conséquence juger *Le Cid* d'après des critères qui lui sont postérieurs.

Littérairement, la pièce relève d'un genre (d'une définition) qui a évolué avec le temps. À sa création, en 1637, Corneille la baptise « tragi-comédie » ; en 1648, il la qualifie de « tragédie ». La différence est beaucoup plus importante qu'un simple changement d'appellation. La « tragi-comédie » se caractérisait pour l'essentiel par une action riche en rebondissements, volontiers spectaculaire, où des personnages de haut rang voient leur amour (ou leur raison de vivre) mis en danger par des obstacles qui disparaissent heureusement au dénouement. *Le Cid* correspond exactement à cette définition. Très en vogue dans les années 1630 à 1640, la « tragi-comédie » décline après 1642 et ne connaît plus la même faveur auprès du public. Toujours soucieux de suivre les goûts des spectateurs, Corneille a donc rebaptisé en 1648 sa pièce « tragédie », ce qui, à cette date, faisait plus sérieux. Il n'en reste pas moins que *Le Cid* fut primitivement une « tragi-comédie ». Or le genre de la tragi-comédie fut le plus rebelle aux règles dont il ne cessa de contester le bien-fondé.

Enfin, par rapport aux nombreuses « tragi-comédies » qui furent représentées à l'époque, *Le Cid* marque une étape importante dans la voie qui conduisit progressivement au respect des règles. Les autres tragi-comédies se déroulaient en effet sur plusieurs jours, voire sur plusieurs semaines, multipliaient les lieux, compliquaient à souhait l'action et se préoccupaient fort peu des bienséances. Il en résulte que l'on peut porter sur *Le Cid* deux jugements contradictoires : considérée comme une tragi-comédie (d'après les critères de 1637), la pièce, si elle n'est pas encore classique, se rapproche plus que d'autres de ce que sera le classicisme ; envisagée comme une tragédie (d'après l'appellation de 1648), elle demeure en deçà des normes idéales. *Le Cid* appartient en réalité à la période pré-classique et, à cause de son vif succès, constitue le maillon le plus exemplaire de l'évolution qui débouchera sur le classicisme.

10 Langage et poésie

Si le succès du *Cid* tient à son sujet, il s'explique aussi par la richesse de son écriture. Aux multiples péripéties et rebondissements de l'action correspondent des effets stylistiques variés. Tour à tour, l'éloquence alterne avec la poésie (héroïque, épique ou lyrique), avec le pathétique, avec de sublimes sentences.

UN ART DE L'ÉLOQUENCE

L'éloquence désigne l'art de toucher et de persuader par le discours, par la parole. Le prétoire (salle d'audience d'un tribunal) où il s'agit de convaincre des jurés de l'innocence ou de la culpabilité d'un prévenu, est un des lieux naturels de son épanouissement. Avocat de formation, Corneille connaît les techniques et la puissance de l'éloquence judiciaire. Aussi insère-t-il dans *Le Cid* un véritable procès à l'acte II, scène 8 : meurtrier du Comte, encourant pour ce crime la peine capitale, Rodrigue est l'accusé, Chimène est son accusatrice, don Diègue, son défenseur, et le roi, son juge. L'éloquence y réside tout à la fois dans les arguments avancés et dans la manière de les présenter. Étudions d'abord celle de l'accusatrice. Chimène commence par évoquer le cadavre de son père. Ses yeux ont vu le sang du Comte :

> Couler à gros bouillons de son généreux flanc ;
> Ce *sang* qui tant de fois garantit *vos* murailles,
> Ce *sang* qui tant de fois *vous* gagna des batailles,
> Ce *sang* qui tout sorti fume encor de courroux
> De se voir répandu pour d'autres que pour *vous*.

(v. 660 à 664).

L'anaphore[1] « ce sang » est d'une grande habileté. L'insistante répétition de l'adjectif démonstratif « ce » tend en effet à recréer l'affreux spectacle, à en imposer la vision dans l'esprit du roi-juge (et du nôtre), comme si le cadavre gisait sur scène.

La triple mention du mot « sang » vise à susciter à la fois l'horreur du crime, la pitié pour la victime — et donc pour sa fille. Cet art de capter la bienveillance s'accompagne d'une gestuelle[2] expressive : sous la douleur de l'évocation, la voix de Chimène se brise, des larmes naissent, et l'actrice qui joue le rôle doit physiquement montrer sa souffrance. La répétition de « vous » (« vos ») a enfin pour but de faire prendre conscience au roi-juge, si besoin en était, que la mort du Comte le concerne au même titre que Chimène, et cette répétition a en conséquence pour but de le placer d'emblée dans le camp de celle-ci. La seconde partie du réquisitoire de Chimène (v. 681 à 696) tourne d'aileurs tout entière autour de cette idée :

> Vous perdez en la mort d'un homme de son rang
> (v. 691),

dit-elle à don Fernand. L'émotion renforce ainsi l'argumentation.

Examinons la plaidoirie de la défense que prononce don Diègue. Son discours répond à celui de Chimène. Le tableau de la page 64 permettra de mieux s'en apercevoir.

Comme Chimène débutait son réquisitoire par l'émouvante peinture de sa douleur, don Diègue achève sa plaidoirie par l'offre pathétique du vieillard se sacrifiant pour sauver son fils :

> Mourant sans déshonneur, je mourrai sans regret.
> (v. 732).

Cette scène de procès orchestre en définitive les principaux procédés de l'éloquence : la tentative de se concilier la sympathie du juge, le combat d'idées, avec

---

1. Une anaphore est la répétition d'un ou de plusieurs mots en tête de vers ou de plusieurs membres de phrase.
2. La gestuelle désigne toutes les attitudes du corps : non seulement les gestes, mais le regard, le ton de la voix, les mimiques, etc.

le renversement final de l'argumentation de l'adversaire. Le recours à la gestuelle (les avocats sont aussi des acteurs) et d'amples périodes oratoires (c'est-à-dire de longues phrases comportant des accumulations, dans les vers 693 à 696 et 701 à 710 par exemple) renforcent le sentiment que l'on assiste à un débat de prétoire[1].

Arguments de Chimène	Arguments de don Diègue
Le Comte était un noble couvert de gloire (v. 661-662).	Je suis couvert de gloire (v. 701-702).
Il était un sujet loyal (v. 604).	Je suis un sujet loyal (v. 711-712).
Sa mort doit donc être vengée (v. 657 à 680).	Mon honneur devait être vengé (v. 717-718).
Coupable, Rodrigue mérite la mort (v. 681 à 686).	S'il y a un coupable, c'est moi seul (v. 720 à 724).
L'intérêt de l'État exige le châtiment de Rodrigue, car ce serait, sinon, encourager de futurs assassins (v. 689 à 696).	L'intérêt de l'État exige de laisser la vie sauve à Rodrigue, car la Castille peut avoir besoin de lui (v. 727 à 729).

LA POÉSIE

Il n'est pas toujours aisé de distinguer chez Corneille l'éloquence de la poésie, tant les personnages s'expriment sur un ton passionné. Le monologue de don Diègue exhalant son désespoir (I, 4) en est un exemple significatif. Par ses phrases interrogatives et exclamatives, par la formule anaphorique[2] « Mon bras » (v. 241-242), par l'apostrophe à sa gloire passée (v. 245-246) et à son épée (v. 257 à 260), ce monologue relève de l'art oratoire, de l'éloquence ; mais par la détresse dont il témoigne, il appartient au champ de la poésie. Aussi, sans chercher à établir de nettes distinctions entre

1. Voir aussi la grande tirade où le Comte énumère à don Diègue les qualités indispensables au gouverneur d'un prince (v. 174 à 184).
2. Sur la définition de l'anaphore, voir note 1, p. 63.

éloquence et poésie, peut-on apercevoir trois tons poétiques différents dans *Le Cid* : ceux de la poésie héroïque, de la poésie épique et de la poésie lyrique.

La poésie héroïque

La poésie héroïque éclate quand les personnages chantent leur gloire et évoquent leurs exploits avec de mâles accents.

> Grenade et l'Aragon tremblent quand ce fer brille ;
> Mon nom sert de rempart à toute la Castille.
>
> (v. 197-198),

dit le Comte. Le vocabulaire militaire, l'opposition entre des pays apeurés et un individu vainqueur, tout l'arrière-plan géographique que dessinent les noms de ville et de province colorent ces vers d'une orgueilleuse et indomptable énergie[1]. De même Rodrigue se sent prêt, par amour pour Chimène, à défier l'Espagne entière :

> Paraissez, Navarrais, Mores et Castillans,
> Et tout ce que l'Espagne a nourri de vaillants ;
> Unissez-vous ensemble et faites une armée
> Pour combattre ma main de la sorte animée :
> Joignez tous vos efforts contre un espoir si doux ;
> Pour en venir à bout, c'est trop peu que de vous.
>
> (v. 1559 à 1564).

La poésie épique

La poésie épique apparaît essentiellement dans le récit du combat de Rodrigue contre les Maures (IV, 3). Est épique tout événement grandiose (généralement une bataille) par lequel un individu — le Héros — modifie et façonne l'histoire d'une collectivité, d'une nation. Le combat que livre Rodrigue s'élargit aux dimensions d'un gigantesque affrontement :

> Et la terre, et le fleuve, et leur flotte, et le port,
> Sont des champs de carnage où triomphe la mort.
>
> (v. 1299-1300).

---

1. Un autre exemple de poésie héroïque apparaît dans l'évocation que don Diègue fait de sa propre gloire (v. 208 à 212).

Dans les vers :

> Ô combien d'actions, combien d'exploits célèbres
> Sont demeurés sans gloire au milieu des ténèbres.
>
> (v. 1301-1302),

l'interjection « Ô », renforcée par l'anaphore « combien », entonne un chant solennel, que souligne encore la majesté rythmique des deux alexandrins, seulement coupés à l'hémistiche[1]. Le champ sémantique[2] magnifie la lutte : « actions » et « exploits » sont des redondances qui agrandissent l'assaut donné contre une bande de pillards (v. 1289). De cette mêlée terrible, nocturne, anonyme, surgit enfin à l'aube le Héros victorieux :

> Ils demandent le chef : je me nomme, ils se rendent.
>
> (v. 1326).

La poésie lyrique

Le lyrisme se manifeste par des images, par un rythme vif et par l'expression de sentiments personnels. Ce lyrisme est essentiellement dans *Le Cid* un lyrisme élégiaque, c'est-à-dire douloureux et plaintif. Le duo d'amour de Rodrigue et de Chimène en est le plus bel et le plus célèbre exemple. Accordés jusqu'aux tréfonds d'eux-mêmes par-delà ce qui les sépare, les deux « amants » regrettent leur bonheur perdu (III, 4). Comme dans un chant de tristesse, comme dans un *lamento* assourdi, les deux « amants » se donnent la réplique. Le parallélisme de leurs propos illustre leur intimité et leur compréhension :

> Rodrigue, qui l'eût cru ?...
> Chimène, qui l'eût dit ?...
>
> Que notre heur fût si proche, et sitôt se perdît ?
>
> (v. 987-988).

---

1. On appelle hémistiche la moitié d'un vers ; un alexandrin qui compte douze pieds comporte donc deux hémistiches de six pieds chacun.
2. On désigne par l'expression « champ sémantique » le choix des mots et de leur signification, qu'a effectué un auteur pour décrire une action.

La répétition des [i] module leur plainte. Les effets de rythme (3 + 3 + 3 + 3 puis 6 + 6) et le jeu des sonorités [ü] expriment un chant où dominent tendresse, nostalgie et désespoir.

LE PATHÉTIQUE

Quand l'émotion des personnages devient trop grande, le lyrisme s'épanouit en stances et engendre le pathétique. Sur le plan de la forme, les stances sont des strophes pouvant comporter des vers de différentes longueurs, se terminant chacune par une pause fortement marquée et constituant un monologue. *Le Cid* comporte deux scènes de stances : l'une pour Rodrigue (I, 6), l'autre pour l'Infante (V, 2). Leur fonction est de faire partager au spectateur (ou au lecteur) la détresse du personnage qui se plaint. Rodrigue exprime ainsi son déchirement entre son amour pour Chimène et l'honneur qui l'oblige à venger son père. La dernière rime « peine » / « Chimène » revient à la fin de chaque strophe comme une plainte lancinante. Il en va de même pour l'Infante qui chante douloureusement son amour sans espoir pour Rodrigue. Ses stances permettent au spectateur d'assister au combat ultime du devoir sur la passion :

> Puisque pour me punir le destin a permis
> Que l'amour dure même entre deux ennemis.
>
> (v. 1595-1596).

LES SENTENCES

La « sentence » était un genre littéraire fort cultivé au XVIIe siècle et que Corneille appréciait beaucoup. On peut la définir comme un élément du dialogue qui exprime en une courte phrase une idée générale applicable en particulier à la situation de l'un des personnages. Équivalant à des maximes, les sentences sont nombreuses dans *Le Cid*. Leur *force* est telle que plusieurs d'entre elles sont depuis devenues des proverbes. Ainsi ce vers de don Diègue :

Plus l'offenseur est cher, et plus grande est l'offense.

(v. 285),

traduit à la fois une vérité générale et la situation où se trouve Rodrigue. De même, cette réplique du Comte :

Qui ne craint point la mort ne craint point les menaces.

(v. 393).

Ou ces vers célèbres de Rodrigue :

Je suis jeune, il est vrai ; mais aux âmes bien nées
La valeur n'attend point le nombre des années.

(v. 405-406).

On pourrait ainsi multiplier les exemples, tant *Le Cid* en comporte, et de *fort* saisissants :

À qui venge son père il n'est rien impossible.
Ton bras est invaincu, mais non pas invicible.

(v. 417-418),

À vaincre sans péril, on triomphe sans gloire.

(v. 434).

Par ces sentences, Corneille atteint le sublime, un des idéaux du classicisme, que La Bruyère définissait ainsi : « Le sublime ne peint que la vérité, mais en un sujet noble ; il la peint tout entière, dans sa cause et dans son effet ; il est l'expression ou l'image la plus digne de cette vérité » (*Caractères,* I, 55).

UNE ÉCRITURE « EXPRESSIONNISTE »

Le Cid se caractérise en définitive par une écriture expressionniste, c'est-à-dire une écriture qui ne néglige aucun des effets de style propres à frapper l'imagination et la sensibilité des spectateurs. Tantôt c'est la stichomythie[1] qui donne de la force aux formules antithétiques, comme dans la scène de défi entre Rodrigue et le Comte :

1. La stichomythie est une figure de style consistant à faire dialoguer les personnages vers pour vers, ou comme ici, demi-vers pour demi-vers, ce qui donne à la scène une grande vivacité.

LE COMTE. Retire-toi d'ici.
RODRIGUE. Marchons sans discourir.
LE COMTE. Es-tu si las de vivre ?
RODRIGUE. As-tu peur de mourir ?

(v. 439-440).

Tantôt, comme dans le récit du combat de Rodrigue contre les Maures, c'est un mélange de lumière et de ténèbres, de sang et de fureur, de bruits et de mouvements qui l'emporte[1]. Tantôt, enfin, ce sont des images osées, ou baroques[2], qui suggèrent la violence des sentiments et des passions, et qui sont proches de la démesure, voire du mauvais goût, comme l'affirmera plus tard Voltaire ; ainsi ces vers où Chimène évoque, devant le roi, son père mort :

Son flanc était ouvert ; et pour mieux m'émouvoir
Son sang sur la poussière écrivait mon devoir ;
Ou plutôt sa *valeur,* en cet état réduite,
Me parlait par sa plaie et hâtait ma poursuite.

(v. 675-678).

Ce « sang » qui écrit, la « plaie » qui parle peuvent en effet apparaître aujourd'hui comme des images insupportables ou ridicules. Mais ce serait oublier qu'en 1637 la tragi-comédie était d'abord un art fondé sur le pathétique, tout entier fait d'extrêmes et d'audace.

---

1. Voir, par exemple, les vers 1273 à 1300.
2. En littérature, le style baroque s'affirme sous les règnes d'Henri IV et de Louis XIII (de 1600 à 1640 environ) et se caractérise par une grande liberté d'expression.

11 La « querelle » du Cid

Le Cid remporta dès sa création (début janvier 1637) un immense triomphe, le plus grand qu'ait jamais obtenu Corneille, l'un des plus grands qu'ait jamais connu un dramaturge au XVIIe siècle.

Mais si *Le Cid* fut un triomphe populaire, il ne satisfit ni les confrères de Corneille, ni les autorités littéraires de l'époque, ni tous ceux qui faisaient profession d'écrire. Ce sont les démêlés de Corneille avec ceux qu'on appelait alors les « doctes » (les « savants ») qui constituent la « querelle » du *Cid*. L'affaire prit des proportions considérables. C'est pourquoi il est nécessaire d'en rappeler les principaux épisodes, puis d'en dégager l'exacte signification.

LES ÉPISODES DE LA « QUERELLE »

La « querelle » éclate en mars 1637 pour, officiellement, se terminer en décembre de la même année.

Son origine est fort peu « littéraire ». Devant le succès de sa pièce, Corneille demanda une meilleure rétribution financière au directeur de la troupe qui jouait *Le Cid*. Ayant essuyé un refus, il décida de faire éditer son texte, qui parut en librairie le 23 mars 1637. Cette publication permettait à n'importe quelle autre troupe (parisienne ou provinciale) d'inscrire *Le Cid* à son répertoire et de la jouer. En le privant de l'exclusivité de sa pièce, Corneille portait en représailles un préjudice pécuniaire au théâtre du Marais qui avait créé *Le Cid*. À peu près dans le même temps, il écrivit un long poème, intitulé l'*Excuse à Ariste*, où il vantait son talent : « La fausse humilité ne met plus en crédit / Je sais ce que je vaux, et crois ce qu'on m'en dit », y déclarait-il notamment.

Pour rabaisser l'orgueil de Corneille, l'un de ses confrères, Mairet[1], rédige et publie vers la fin mars *L'Auteur du vrai Cid espagnol à son traducteur français*, dans lequel il accuse Corneille d'avoir plagié (imité) l'œuvre de Guillén de Castro[2]. Un autre dramaturge Georges de Scudéry[3], vient aussitôt prêter main-forte à Mairet et fait paraître le 1er avril ses *Observations sur le Cid* où il prétend démontrer

> Que le sujet n'en vaut rien du tout
> Qu'il choque les principales règles du poème
> [dramatique
> Qu'il manque de jugement en sa conduite
> Que presque tout ce qu'il a de beautés sont dérobées
> Et qu'ainsi l'estime qu'on en fait est injuste.

Comme Corneille refuse d'engager une discussion avec ses détracteurs, Scudéry demande l'arbitrage de l'Académie française, créée trois ans plus tôt en 1634 par Richelieu. L'Académie française procède alors à un examen détaillé du *Cid* et publie le 20 décembre 1637 *Les sentiments de l'Académie française touchant les Observations faites sur la tragi-comédie du Cid*. Elle y reconnaît l'originalité de Corneille et le lave de l'accusation de plagiat lancée par Scudéry. Mais, avec ce dernier, elle soutient que Corneille n'a respecté ni l'unité de temps, ni celle de lieu, ni la vraisemblance, ni les bienséances. L'Académie française considère en définitive que Corneille doit autant son succès à son talent qu'au hasard. Le jugement était mitigé. Après quelques hésitations, Corneille décide de ne rien répondre. La « querelle » du *Cid* est close.

---

1. Jean Mairet (1604-1686) est notamment l'auteur d'une tragédie, *Silvanire* (1631), qui définit dans sa préface les règles du théâtre classique français.
2. Sur l'œuvre de Guillén de Castro qui constitue la grande source du *Cid*, voir p. 24.
3. Georges de Scudéry (1601-1667) était le frère de la romancière Madeleine de Scudéry, qui fut le chef de file du courant précieux.

LA SIGNIFICATION DE LA « QUERELLE »

Au-delà de ses aspects anecdotiques, la « querelle » posait un véritable problème littéraire. L'essentiel du débat soulevait en effet deux questions majeures : jusqu'où un dramaturge peut-il respecter la vérité historique ? Jusqu'où doit-il se plier aux bienséances[1] ?

Vérité et vraisemblance ?

Ce qui scandalisa le plus les adversaires de Corneille fut le dénouement du *Cid*, c'est-à-dire le mariage de Chimène et de Rodrigue. Dans ses *Observations*, Georges Scudéry traitait Chimène d'« impudique », de « prostituée », de « parricide » et de « monstre » : « On y voit [dans *Le Cid*], ajoutait-il, une fille dénaturée ne parler que de ses folies lorsqu'elle ne doit parler que de son malheur ; plaindre la perte de son amant lorsqu'elle ne doit songer qu'à celle de son père ; aimer encore ce qu'elle doit abhorrer ; souffrir, en même temps et en même maison, ce meurtrier et ce pauvre corps [le cadavre du Comte] ; et, pour achever son impiété, joindre sa main à celle qui dégoutte encore du sang de son père. »

Autrement dit, Scudéry reprochait à Corneille d'être resté fidèle à la vérité historique qui attestait le mariage de Rodrigue et de Chimène, au détriment de la vraisemblance qui voudrait que ce mariage n'ait pas lieu : comment admettre en effet sans réticence qu'une jeune fille épouse le meurtrier de son père fût-ce un an après le meurtre ? Il s'agissait de savoir si le théâtre devait se conformer au « vrai » tout court, mais parfois choquant, ou au « vraisemblable », à ce que le public était prêt à croire. Alors que les partisans du classicisme ne cesseront de proclamer (avec Racine, par exemple) la supériorité

1. Les bienséances exigeaient que ni le langage, ni les événements, ni les personnages ne choquent la sensibilité du spectateur. Il est bien évident que la notion a évolué avec les siècles et que ce qui choquait alors ne choque plus forcément aujourd'hui.

du « vraisemblable » sur le « vrai », Corneille sera l'un des rares auteurs de son temps à adopter la position inverse. Au « vraisemblable », il préférera sinon toujours, du moins souvent, le « vrai ». C'est le cas dans *Le Cid* ; ce le sera encore dans *Horace*. Plus de dix ans après la création de sa pièce, il déclarera dans la préface de l'une des éditions de son œuvre (en 1648) que le mariage de Chimène et de Rodrigue fut effectivement « célébré par l'archevêque de Séville, en présence du roi et de toute sa cour » et qu'il ne peut rien changer à cette vérité. Cette position quasi constante de Corneille en faveur du vrai est l'une des formes de son originalité, l'un des traits qui le distinguent des autres dramaturges de son temps.

Littérature et morale ; la question des bienséances

Contester le dénouement revenait aussi à s'interroger sur la moralité du comportement de Chimène (qui a été la grande accusée de la « querelle » du *Cid*). Fallait-il avoir une conception restrictive des bienséances ? Ou pouvait-on au contraire en donner une interprétation assez large ? En condamnant Chimène, les adversaires de Corneille défendaient une conception stricte, moraliste, voire moralisante, des bienséances. Un dramaturge ne pouvait, selon eux, porter à la scène que des sujets exemplaires, où (comme l'on disait à l'époque) « les choses sont comme elles doivent être ». Le danger d'une telle position est évident : à ne vouloir traiter que de « bons » et « beaux » sujets, on court le risque d'un théâtre mièvre, conformiste et sans consistance : c'est tout le problème des rapports entre l'Art et la morale. Corneille, quant à lui, donne avec et dès *Le Cid* une interprétation plus large des bienséances. Celles-ci lui semblent respectées dès lors que Chimène lutte contre sa passion et cherche à venger son père. L'héroïsme conrnélien, a-t-on vu[1], est toujours novateur, anarchique, dans la mesure où il bouleverse les conventions morales, les normes établies, où il les fait évoluer.

1. Voir p. 44 à 46.

Tout l'intérêt du *Cid* provient d'ailleurs de cette évolution des idées morales. On ne peut la supprimer ou l'atténuer sans affadir le texte. Corneille, là encore, témoignait de son originalité. La « querelle » du *Cid* reposait en définitive sur deux approches différentes de ce que devait être le théâtre.

UNE NOUVELLE QUERELLE DU « CID » ?

Plus de trois siècles après la création du *Cid*, le dénouement de la pièce suscite toujours quelques réserves. Il arrive à la critique moderne de douter parfois du caractère heureux de ce dénouement.

La question, pour un lecteur du XXe siècle, n'est donc plus de savoir si le mariage de Chimène et de Rodrigue est ou non conforme à la vérité historique (il l'est), ni même de déterminer s'il respecte ou non la règle des bienséances telle qu'on la définissait en 1637. La question est de savoir si, en ne considérant que le texte du *Cid* (donc indépendamment du contexte historique et de ses sources littéraires), l'atmosphère heureuse dans laquelle s'achève *Le Cid* est en parfaite cohérence avec ce qui précède de l'œuvre. Certains commentateurs modernes n'en sont pas convaincus et avancent pour étayer leurs thèses des arguments à la fois logiques et psychologiques.

Un dénouement artificiel ?

Au regard de la logique, c'est-à-dire de la cohérence interne de la pièce, le dénouement leur apparaît comme artificiel, comme empreint d'un bonheur et d'une joie quelque peu suspects. Don Sanche, le soupirant déçu de Chimène, s'efface rapidement, peut-être trop rapidement (v. 1759 à 1762). Son renoncement est certes généreux ; mais n'est-il pas trop mécaniquement généreux ? De cet amoureux sincère, digne, mais malheureux, on pourrait attendre au moins un mot, un cri de douleur ou de souffrance qui aurait rendu sa générosité plus authentique, plus humaine. Don Sanche disparaît en applaudissant à sa propre défaite, comme s'il n'avait jamais véritablement aimé Chimène. Quant à l'Infante, comment ne pas songer qu'elle se sacrifie ? Tout se passe comme si Corneille avait voulu que sa pièce s'achève dans une atmosphère de joie et de sérénité retrouvée en oubliant les séquelles de cette terrible journée. Est-ce bien logique ?

Les mêmes réticences se manifestent sur le plan psychologique. Il est certes possible que Chimène continue d'estimer, d'aimer Rodrigue, même après que celui-ci a tué le Comte. Toute la pièce le prouve d'ailleurs. Mais Chimène peut-elle vraiment *épouser* Rodrigue ? Dans la situation dans laquelle elle se trouve, l'amour implique-t-il nécessairement le mariage ? Son rôle se termine sur une lourde et angoissante question laissée sans réponse ; elle demande en effet au roi : dois-je

> ... me livrer moi-même au *reproche éternel*
> D'avoir trempé mes mains dans le sang paternel ?
>
> (v. 1811-1812).

Comment pourra-t-elle oublier qu'en épousant Rodrigue, elle épouse l'assassin de son père ? Son mariage est-il psychologiquement acceptable ?

D'autres dénouements possibles

Aussi la critique moderne, tenant compte de ces éléments, a-t-elle imaginé d'autres dénouements possibles. Octave Nadal considère que, tout en continuant de s'aimer, Rodrigue et Chimène ne pourront pas se marier : « Ils vont retourner à la solitude, à la fois emplis et privés l'un de l'autre »[1], écrit-il. André Stegmann aboutit à une conclusion voisine : « L'héroïsme des deux amoureux consiste à passer de l'être *divisé* à l'unité de l'être *retrouvé* qui n'en reste pas moins un être *déchiré.* »[2] Autrement dit, si le drame a eu pour conséquence paradoxale de permettre à Chimène et à Rodrigue de découvrir leur générosité mutuelle, de se hisser ensemble

---

1. Octave Nadal, *Le Sentiment de l'amour dans l'œuvre de Pierre Corneille,* Gallimard, 1948, p. 170.
2. André Stegmann, *L'Héroïsme cornélien, genèse et signification,* A. Colin, 1968, tome 2, pp. 500-501.

au même niveau héroïque et, par là, d'approfondir leur amour, ils ne pourront pas malgré tout se marier. L'épreuve, en leur révélant la profondeur de leur passion, les a mutilés à jamais. Ils resteront à la fois proches et lointains. Dans cette optique, le dénouement du *Cid* devient plus amer.

Selon son tempérament, sa sensibilité, chaque lecteur est donc en définitive libre d'imaginer Rodrigue et Chimène heureux ou non. Que ces interprétations différentes (et parfois contradictoires) ne nous troublent pas cependant. C'est le propre des chefs-d'œuvre que de susciter de perpétuelles questions. C'est aussi la marque de leur complexité, de leur richesse et de leur intérêt par-delà les siècles.

QUELQUES CITATIONS

DON DIÈGUE. Ô rage ! ô désespoir ! ô vieillesse ennemie !
N'ai-je donc tant vécu que pour cette infamie ?
(v. 237-238).

DON DIÈGUE. Rodrigue, as-tu du cœur ? (v. 261).

RODRIGUE. À moi, Comte, deux mots. (v. 397).

RODRIGUE. Je suis jeune, il est vrai ; mais aux âmes bien nées
La valeur n'attend point le nombre des années.
(v. 405-406).

LE COMTE. À vaincre sans péril, on triomphe sans gloire.
(v. 434).

CHIMÈNE. Va, je ne te hais point. (v. 963).

CHIMÈNE. Rodrigue, qui l'eût cru ?...

RODRIGUE. Chimène, qui l'eût dit ?...

CHIMÈNE. Que notre heur fût si proche, et sitôt se perdît ?
(v. 987-988).

RODRIGUE. Nous partîmes cinq cents ; mais par un prompt renfort,
Nous nous vîmes trois mille en arrivant au port.
(v. 1259-1260).

RODRIGUE. Cette obscure clarté qui tombe des étoiles
Enfin avec le flux nous fait voir trente voiles.
(v. 1273-1274).

RODRIGUE. Ô combien d'actions, combien d'exploits célèbres
Sont demeurés sans gloire au milieu des ténèbres.
(v. 1301-1302).

RODRIGUE. Et le combat cessa faute de combattants.
(v. 1328).

CHIMÈNE. Sors vainqueur d'un combat dont Chimène est le prix.
(v. 1556).

LE ROI. Pour vaincre un point d'honneur qui combat contre toi,
Laisse faire le temps, ta vaillance et ton Roi.
(v. 1839-1840).

ÉLÉMENTS DE BIBLIOGRAPHIE

Sur le genre littéraire

— Jacques Truchet, *La Tragédie classique en France* (P.U.F., 1975). Ouvrage essentiel, riche, clair, indispensable.
— Roger Guichemerre, *La Tragi-comédie* (P.U.F., 1981). Ouvrage clair, documenté, nécessaire à la compréhension du genre de la tragi-comédie auquel appartient d'abord *Le Cid.*

Sur Corneille, sa vie et son œuvre

— Georges Couton, *Corneille,* Hatier, 1969. L'œuvre appréhendée sous l'angle historique.

Sur *Le Cid* : études d'ensemble

— Octave Nadal, *Le Sentiment de l'amour dans l'œuvre de P. Corneille* (Gallimard, 1948). Une étude déjà ancienne, mais toujours actuelle, de la passion amoureuse (voir le chapitre consacré au *Cid*).
— Georges Couton, *Réalisme de Corneille* (Les Belles Lettres, 1953). Étude des rapports de l'œuvre et de l'actualité.
— André Stegmann, *L'Héroïsme cornélien, genèse et signification* (A. Colin, 1982). Une étude de la « gloire » située dans le contexte intellectuel et moral de l'époque. Lecture indispensable.
— Michel Prigent, *Le Héros et l'État dans la tragédie de Pierre Corneille* (P.U.F., 1986). Une analyse des rapports de l'héroïsme et de la politique. Lecture indispensable.
— Alain Couprie, *Le Cid* (P.U.F., 1989). Une étude littéraire, historique et dramaturgique de la pièce.

Sur *Le Cid :* études de points particuliers

• **Sur le dénouement :**
— Paul Benichou, « Le mariage du *Cid* » dans *L'Écrivain et ses travaux* (J. Corti, 1967).

• **Sur la mise en scène :**
— André Souriau, « L'espace-temps dans *Le Cid* », *Revue d'esthétique* (1950, n° 3).
— Patrice Pavis, « Dire et faire au théâtre. L'action parlée dans les stances du *Cid* », *Études littéraires* (1980, n° 4).

INDEX DES THÈMES ET NOTIONS

156 **Ponge**, Le parti pris des choses et autres recueils
28 **Prévert**, Paroles
6 **Prévost (abbé)**, Manon Lescaut
263 **Primo Levi**, Si c'est un homme
75 **Proust**, À la recherche du temps perdu
233/234 **Queneau**, Les fleurs bleues
62 **Rabelais**, Gargantua / Pantagruel
149 **Racine**, Andromaque
193 **Racine**, Bérénice
109 **Racine**, Britannicus
189 **Racine**, Iphigénie
39 **Racine**, Phèdre
227/228 **Renoir**, La règle du jeu
55 **Rimbaud**, Poésies
246 **Rimbaud**, Une saison en enfer / Illuminations
215/216 **Rousseau**, Les confessions (Livres I à IV)
61 **Rousseau**, Rêveries du promeneur solitaire
243 **Sarraute**, Enfance
31 **Sartre**, Huis clos
194 **Sartre**, Les mots
18 **Sartre**, La nausée
209/210 **Senghor**, Éthiopiques
170 **Shakespeare**, Hamlet
169 **Sophocle**, Œdipe roi
44 **Stendhal**, La chartreuse de Parme
20 **Stendhal**, Le rouge et le noir
86 **Tournier**, Vendredi ou les limbes du Pacifique
148 **Vallès**, L'enfant
247 **Verlaine**, Fêtes galantes et autres recueils
218 **Vian**, L'écume des jours
262 **Voltaire**, Candide
113 **Voltaire**, L'ingénu
188 **Voltaire**, Zadig et Micromégas
35 **Zola**, L'assommoir
77 **Zola**, Au bonheur des dames
100 **Zola**, La bête humaine
8 **Zola**, Germinal
235 **Zola**, Thérèse Raquin
248 **Zweig**, Le joueur d'échecs

TEXTES EXPLIQUÉS

160 **Apollinaire**, Alcools
131 **Balzac**, Le père Goriot
141/142 **Baudelaire**, Les fleurs du mal / Le spleen de Paris
135 **Camus**, L'étranger
159 **Camus**, La peste
143 **Flaubert**, L'éducation sentimentale
108 **Flaubert**, Madame Bovary
110 **Molière**, Dom Juan
166 **Musset**, Lorenzaccio
161 **Racine**, Phèdre
107 **Stendhal**, Le rouge et le noir
236/237 20 textes expliqués du XVIe siècle
220 **Verlaine**, Poésies
104 **Voltaire**, Candide
136 **Zola**, Germinal

BAC 2003 QUESTIONS TRAITÉES

Bac Littérature Tle L : les questions d'oral et d'écrit sur les œuvres au programme

PROFIL PRATIQUES DU BAC

617/618 La dissertation
619/620 Le commentaire
621/622 L'écriture d'invention
1000 Le dictionnaire portatif du bachelier

PROFIL HISTOIRE LITTÉRAIRE

114/115 50 romans clés de la littérature française
174 25 pièces de théâtre de la littérature française
119 Histoire de la littérature en France au XVIe siècle
120 Histoire de la littérature en France au XVIIe siècle
139/140 Histoire de la littérature en France au XVIIIe siècle
123/124 Histoire de la littérature en France au XIXe siècle
125/126 Histoire de la littérature et des idées en France au XXe siècle
128/129 Mémento de la littérature française
151/152 Le théâtre : problématiques essentielles
179/180 La tragédie racinienne
181/182 Le conte philosophique voltairien
183/184 Le roman d'apprentissage au XIXe siècle
197/198 Les romans de Malraux : problématiques essentielles
201/202 Le drame romantique
223/224 Les mythes antiques dans le théâtre français du XXe siècle
229/230 Le roman naturaliste : Zola, Maupassant
231 Maîtres et valets dans la comédie du XVIIIe siècle
250/251 La poésie au XIXe et au XXe siècle
252/253 Les mouvements littéraires du XVIe au XVIIIe siècle
254/255 Les mouvements littéraires du XIXe et du XXe siècle
256/257 Le roman et la nouvelle
258/259 La tragédie et la comédie
260/261 Le biographique

GROUPEMENT DE TEXTES

95 La fuite du temps : de Ronsard au XXe siècle
98 La critique de la société au XVIIIe siècle
111 L'autobiographie
130 Le héros romantique
155 La critique de la guerre

Imprimé en France par Pollina s.a., 85400 Luçon - n° 92039
N° d'édition : 30265 - Dépôt légal : janvier 2004